KB070306

그 편지에 마음을 볶았다

귀농하고픈 아들과
말리는 농부 엄마의
사계절 서간 에세이

그 편지에
마음을 볶았다

조금숙·선무영 지음

한겨레출판

생각의 씨앗이 뿌리내릴 수 있기를

저는 언제나 바람직했어요. 공부 잘하고 튼튼하고 쾌활하고, 대학도 장학금, 로스쿨도 장학금, 거기에 과외까지 열심히 해서 부모님께 용돈도 좀 드렸었죠. 그런데 변호사 시험을 두 번 치르며 한계를 느꼈습니다. '정말 열심히 살았는데, 왜 이렇게 되었을까.' 도저히 펜을 쥐고 있을 수가 없었습니다. 그래서 내려놨어요. 에라이! 그렇게 완전 '틀려'버린 뒤로 세상이 너무 재밌어졌습니다. 로스쿨에 들어갈 적에는 시골 마을 변호사가 되고 싶었지만 마음처럼 되지 않는군요. 그래도 달라진 것은 변호사에서 농부로 '직함'이 바뀐 것밖에 없습니다.

자유로운 삶을 살고 싶습니다. 최소한의 생계를 유지하면서도 끊임없이 재밌는 일을 찾아서 하고자 합니다. 농사를 지어 부자 되기는 어려워도, 부지런한 농부가 굶을 일은 없습니다. 아침 6시에 일어나 밥 차려 먹고 뜨거워지기 전까지 농사짓다가 오후에는 글도 쓰고, 무엇이든 재밌는 일을 찾고자 합니다. 그 일이 꼭 부로 이어지지 않아도 괜찮습니다. 변호사라면 귀농 생활이 한결 편했겠지만, 직함이 귀농에 반드시 필요한 건 아니죠.

생각하는 대로 일이 잘 풀렸다면, 아마 제 귀농은 10년 정도 늦춰지지 않았을까 해요. 어쩌면 아예 도시에서 살게 되었을지도 모릅니다. 그렇지만 일은 생각지 않게 흘러갔어요. 그럴 때면 당황스럽고 화도 났습니다. 오늘 이 판례까지는 다 봐야 하는데 머리에 들어오지 않았어요. 두근두근 잠도 오지 않고, '이렇게 해서는 떨어질 텐데' 하는 두려움에 미칠 지경이었어요. '지금 난 잘 못 살고 있다'라는 확신에 무서웠습니다. 어떻게 살아야 잘 사는 걸까 고민하다 보니 원래 하려던 것에 집중하게 되었습니다. 변호사나 '○○ 출신' 같은 꼬리표를 떠나 생각하니 조금씩 맑아졌습니다. 아내가 보이고 누나가 보이고 엄마 아빠가 있는 괴산이 보였죠. 괴산은, 시골은, 제 '비빌 언덕'

이었어요. 지금은 도시에서 살고 있으나, 곧 시골에 갈 생각을 하니 신이 났습니다. 해야 하는 일보다 하고 싶은 일에 집중하게 되었습니다. 그러다가도 어머니가 항상 하시던 말씀, "사람은 하고 싶은 것만 하며 살 수 없다"라는 말이 떠올라 한참을 생각해보았습니다. 이래도 되나?

현실이라는 이름 앞에 많은 것들이 수그러듭니다. 자신감도 그중 하나예요. 자신 있게 할 수 있다고, 하면 된다고 외치고 싶지만 그렇게 해서 이룰 수 있는 것은 많지 않습니다. 대신 꼼꼼히 생각해봤어요. 단순히 귀농이 하고 싶어서 '귀농을 할까, 말까'를 고민한 게 아니었어요. 귀농한 삶, 도시에서의 대안적 삶, 권장되는 트랙을 밟아가는 삶을 두고 셋 중 어떤 것이 가장 큰 행복을 줄지 가늠해보았습니다. 저의 결론은 귀농입니다. 저에게 최선의 선택이 되리라 생각해요. 〈한겨레〉에 '엄마아들 귀농서신' 연재를 마치고 많은 일들이 있었습니다. 대기업에 취업도 했었고, 잠시나마 카피라이터 일을 해보기도 했죠. 그러면서 강하게 느꼈습니다. 적당히 살고자 하는 마음이 없음을. 정말 하루하루 재밌게 살고 싶습니다.

저와 다른 생각을 가진 사람이 대다수라는 걸 잘 알고 있어요. 그렇지만 이 글이 생각의 씨앗이 될 수 있으면 참 좋겠습니다. 바쁘게 살아가는 동안 싹을 틔우고 뿌리내려서 문득 '시골'을 생각해보았을 때 웃음이 지어질 수 있게끔. 힘든 일이 있어도, 많이 지치더라도, 나에게 그랬듯 '귀농'이라는 나무가 버팀목이 되어주길.

2022년 8월

선무영

1부

봄싹은 힘겹게 돋는다

도시를 떠나
시골에서 농사지으며 살래요

두 번의 변호사 시험에서 떨어졌습니다. 시험 보기 전 이미 청
산에 살어리랏다 마음 비우고서도 이렇게 슬픕니다. 응원해주
셨는데 이겨내지 못했어요. 죄송합니다. 배고플 때, 졸릴 때, 아
플 때, 심지어 화장실에 가고 싶을 때도, 꾹 참고 한 자라도 더
보면 성적은 올라가죠. 그렇게 입시마다 잘해왔는데 이번에는
조금 달랐어요. '어차피 시골에 내려가려는데 왜 이렇게까지 해
야 하나' 하는 늦은 물음이 마음속에서 요란히 굴러다녔습니다.
'당장 시골에서 살겠다' 마음을 먹으니, 더는 변호사라는 직함
에 연연하지 않게 되더라고요. 어머니, 저는 시골에서 농사지으

며 살래요.

　도시라는 좁은 곳에 잘 모르는 사람들끼리 모여 살다 보니, 겉으로 보이는 꼬리표에 눈이 갔어요. 시골에 살 마음은 항상 있었는데, 도시에서 이룰 수 있을 만큼 다 이룬 뒤의 일이라 생각했습니다. 우선 많은 것을 갖고자 했어요. 가장 익숙한 건 수험이었습니다. 시험이 하나 끝날 때 잠시나마 해방감을 느끼곤 금세 또 다른 모양의 수험 생활을 시작했습니다.

　도시 생활은 수험 생활의 연속이더군요. 고통스러웠지만 매 시험 때마다 '이 시험만 끝나면!' 하며 스스로를 다독여왔습니다. 그런데 끝이 보이지 않아요. 고난 속에서 좋은 성적을 받아 좋은 학교에 들어가고 좋은 직장, 좋은 집을 얻어도 그제야 시작입니다. 좋은 배우자, 훌륭한 아이, 다시 그 아이의 성적, 학교, 직장… 이렇게 시험의 고난은 대를 이어가죠. 이 연속되는 시험 속에 '언제든 한 번은 떨어질 수밖에 없었구나' 싶습니다. 생각이 여기까지 다다르니 아내를 붙잡고 이야기를 했죠, 우리 있든 없든 시골에 가 살자고.

　로스쿨에 가기 전에도 진지하게 말씀드린 적 있죠. 시골에서 살겠다고. 그때 어머니는 젊은이가 도시에서 할 수 있는 모든 것을 해본 뒤에 시골로 와도 늦지 않다며 말리셨습니다.

아직 해보고 싶은 것이 남아 있었기에 수긍했어요. 이제 도시에서 할 수 있는 것은 다 했습니다. 젊은이로서 이름을 날리고 싶은 마음 여전합니다. YOLO(You Only Live Once). 한 번뿐인 삶이니 대차게 살고 싶은데, 도시에서의 삶은 너무 비싸요. 하고 싶은 일을 꾸리기엔 위험 부담이 큽니다. 괴산에서 일을 시작하고 싶어요. 변호사라는 직함이 있으면 더 가벼운 마음으로 내려갔겠지만 달라질 건 없습니다.

"하고 싶은 것만 하며 살 수는 없단다." 재밌는 공부만 골라 하는 제게 늘 말씀하셨죠. 어머니 눈에는 아들이 어려운 일은 멀리하고 쉬운 일만 골라 하는 것처럼 보였으리라 생각됩니다. 그렇지 않습니다. 제가 법 공부를 시작했던 건 가장 어려운 공부를 찾아 하겠단 마음이었어요. 그렇게 제 삶의 주도권을 확실히 챙기고 싶었습니다.

가끔 남의 일을 해주더라도 하루의 대부분은 내가 하고 싶은 걸 하면서 지내고 싶습니다. 의미 있는 일을 찾아 하기도 좋고, 자기가 하고 싶은 일을 해내기도 딱 좋은 직함이 변호사라고 생각했어요. 도시에서 주도권 있는 삶을 살기 위해선 변호사 정도의 전문 지식을 갖추거나 경제적 자유를 갖춘 사람이어야 합니다. 하루에 4시간 일해도 사람답게 살면서, 생산성을 점

차 늘려갈 수 있고, 하고 싶은 일이 있을 때 기꺼이 그 일을 할
수 있는 삶을 꿈꿨습니다.

작년 6월 모의시험을 칠 적만 해도 토악질이 날 때까지 공
부했습니다. 모의시험 성적을 받기 전날에 잠이 안 와서, 잘 하
지도 않던 기도를 드렸어요. 널리 사람에게 이로운 변호사가 되
겠으니 꼭 기회를 달라고. 그때 '네가 정말로 하고 싶은 게 변호
사냐'라는 마음의 소리를 들었습니다. 부끄럽지만 다음 날도,
다다음 날도, 시험 날까지도 그 물음에 제대로 대답할 수가 없
었어요. 변호사라는 직책이 갖고 싶은 거지, 꼭 변호사여야만
할 수 있는 일을 하고 싶은 건 아니더라고요. 그럼에도 '하면 된
다'는 마음으로 책상에 앉았습니다. 한숨 푹푹 쉬며 반년을 더
공부했죠. 마음이 일그러지는 게 느껴졌어요. '영혼이야 회복되
겠지.' 일단 변호사 자격이 갖고 싶었습니다.

변의도 참으면 참아진다는 마음으로 공부하다 이윽고 시
험 등록 기간에 전화드렸죠. 시험 치르기보다 내 인생 챙기는
게 더 먼저인 것 같다고, 마음이 섰으니 시골에 내려가 살겠다
고요. 원서조차 내지 않겠다고 했더니, "맘대로 해!" 하고 끊으
셨습니다. 잠시 마음을 가라앉힐 시간이 필요하셨던 건지, 5분
쯤 뒤 다시 전화하셨습니다. '인생을 살다 보니 마음처럼 흘러가

는 일이 하나도 없지만(특히 자식 일이 그렇다고요), 중간에 그만두는 일은 삶에 보탬이 되지 않더라고, 마음 정리한다 생각하고 시험까지만 잘 치러보자'고 말씀하셨어요. 그렇게 시험에 등록할 적에 이미 마음 정리가 다 된 줄 알았는데. 성적을 받아보니 속이 쓰립니다. 꼭 살면서 처음 겪는 실패인 것만 같아요.

저는 주도권을 가져오고 싶습니다. 어떤 일이든 제가 결정해서, 제 실력껏 최선을 다해 살겠습니다. 안락한 삶을 기대하지 않습니다. 어머니가 얼마나 속 끓이며 밭을 일구시는지 알아요. 아로니아를 기르시겠다 했을 때 농사는 무슨 농사인가, 찾는 사람도 없는데 괜히 피곤한 일 만드는 걸까 봐 저도 걱정 많이 했습니다. 그런데 장터에 나갈 때나 마을 축제 할 때마다 부스 얻어 아로니아 냉차, 와인 파시는 것 도우면서 재밌었어요. 무엇을 어떻게 만들어낼지, 어디서 누구에게 팔지, 이 시대의 농사라는 게 꼭 사업과 같고 사람 하기 나름이더군요. 제가 이렇게 저렇게 해보시면 어떻겠냐 말씀드리면, 아버지도 항상 "그런 거 귀찮으니, 할 거면 네가 내려와서 해라" 하시잖아요. 이제 더 거칠 게 없으니, 내려가겠습니다.

사랑하는 아내와 시골에 가서 할 수 있는 게 도시에서 할 수 있는 것보다 많다는 생각이 듭니다. 시골은 넓고 사람은 적습니다. 넓은 시골 땅에서 무엇을 할지는 오롯이 농부에게 달린 일 아닙니까. 풀 뽑는 일부터 하나 쉬운 게 없다는 점 잘 알고 있습니다. 그런데 적어도 그 일은 스스로 정해서, 식구들과 함께 하는 일이잖아요. 어차피 힘든 돈벌이라면 좀 적게 벌어도 좋아하는 사람들과 함께 하고 싶습니다. 시골에 살고 싶어요. 어머니 귀농하신 지 벌써 10년이십니다. 저도 시골에서 농사짓고 재밌는 일 만들어가면서 살고자 해요. 조그맣게 시작해도 농장 조금씩 키워나가고, 농사일이 바쁘지 않을 때는 하고 싶은 일에 몰두하는 삶을 꿈꿉니다. 끝이 아닌 시작을 생각하자니, 벌써 두근두근하네요.

귀농이라니 한숨이 터진다

너는 도시에서 더 많은 걸 할 수 있을 거 같은데 내려오고 싶다니, 한숨부터 나오는 건 어쩔 수가 없네. 엄마의 시골 생활은 갑작스러웠어. 초기 뇌경색이던 할머니가 뭐든 의심하시기 시작했다. 부탁을 받고 도와주시던 교회 권사님이 자꾸 당신 옷을 훔쳐 간다면서 집을 비울 수 없다시더구나. 한참이나 권사님과 이야기 나누면서 알게 되었어. 치매의 증상 중 하나가 의심이라는 걸 말야. 그렇게 서둘러 괴산에 집을 지었다. 물론 너희 아버지의 불타는 귀농 의지도 한몫했지만.

　그 첫해, 생각지도 않게 절임 배추 일을 거들게 되었단다.

꽃을 좋아하던 내가 어느 집 담벼락의 하얀 꽃나무를 한 삽 얻으려고 갔다가 도리어 절임 배추 일을 도와달라고 요청받았던 거야. 마을에는 연세 드신 노인들만 늘어가니, 그 집 형님은 팔팔하게 일할 수 있는 젊은(?) 귀농인이 무척이나 반가우셨던 모양이다. 절임 배추 작업은 단순했다. 단순하지만 고되었지. 밭에서 배추를 따고, 반으로 가르고, 소금에 절이고, 건져서 씻는 일. 팔뚝은 물론 앞자락까지 흠뻑 젖기가 일쑤요, 소금은 머리속에까지 뿌려져 늘 버석거렸다. 그렇게 절인 배추를 건져내고 나면 허리가 끊어질 것 같았다. 단순한 공정도 어느 하나 쉬운 건 없었어. 저녁마다 온몸에 파스를 붙이고 밤새 앓아도 빠지겠다는 말은 할 수 없었단다. 도시에서 온 사람은 일을 못한다는 인식을 주고 싶지 않았어. 아빠도 엄마도 그렇게 꼬박 보름, 끙끙 앓으며 배추를 절였다.

그런 인연이 없었다면 어떻게 이 농사를 시작할 수 있었을까 싶어. 배추 형님 댁 트랙터로 밭고랑 작업을 부탁할 수 있었고, 묘목을 심을 때 일손도 함께 보태주셨다. 그뿐일까. 마을에서 좀 외진 우리 집엔 마을 방송이 들리지 않는다. '초상이 났다', '퇴비가 도착했다' 소식을 들을 수가 없어. 대소사 챙겨야 하는 마을 일은 배추 형님이 전화로 알려주시더라. 여전히 품앗이가 살아 움직이는 것을 실감했어. 농사일의 고단함을 몸이 저리도록 아니깐, 다른 사람의 노동도 소중히 여기는 것이라 생각된다.

도시서 살다가 홀연히, 그야말로 준비 없이 시골살이는 시작됐다. 아로니아를 심기로 한 것도 순간이었다. 너희 아빠가 몸에도 좋고, 기르기도 수확도 쉽다며 덜컥 결정했지. 딴에는 고민, 고민했더라도 엄마에게는 통보여서 그렇게 느낄지도 모르겠구나. 아로니아 나무는 잘 자랐다. 순이 나고 돌아서면 훌쩍 컸지. 첫 수확 때까지 밭에 사는 일이 즐거웠다. 수확을 위해 뜨거운 8월 한 달을 꼬박 매달려야 했다. 붉게 올라오는 햇살을 보며 새벽부터 밭에서 일했다. 잘 익은 열매를 골라 따야 하는데, 새벽 햇살이나 저녁노을 질 무렵에는 열매 색을 분간할 수 없다는 것도 알았다. 수확은 한없이 더뎠고, 어깨, 팔뚝, 목 가리지 않고 저리고 아팠어. 쐐기벌레는 또 왜 그리 많던지. 점심을 먹고 나서 하는 작업은 더더욱 힘에 부쳤다. 그냥 내려놓고 씻고 쉬고 싶지만, 그러면 내일 할 일이 늘어날 뿐이야.

정작 어려운 일은 수확 다음이다. 때마침 홈쇼핑을 비롯한 방송가에서 아로니아에 주목했다. 2~3년은 판매하는 데 크게 어려움이 없었어. 풍작이기도 해서 열심히 고민하며 아로니

아로 이것저것 만들어봤다. 특허도 신청해가면서 최선을 다했어. 열심히 만든 잼이니 와인이니 하는 것들을 사람들이 찾아주니 신났었지.

그러나 대가는 성에 차지 않았어. 허리가 끊어져라 일을 했지만 수중에 남는 게 없었다. 농촌 현실에서 수고한 대가를 충족시키기란 요원하단다. 특히나 소규모 농가에서 흡족한 대가란 꿈 같은 일이라는 생각, 엄마만의 것은 아닐 거야. 패기 넘치게 시골로 온 사람들도 몇 년 못 버티고 떠나간단다. 수확물 판매는 해를 거듭할수록 어려워졌다. 매일같이 '아로니아, 아로니아' 떠들던 홈쇼핑의 관심이 떠나간 뒤로는 더 혹독했어. 가공 공장 신축에 수천만 원 투자금도 퍼부었는데 걱정은 생각보다 깊고 아프다. 텅텅 빈 통장을 자조적으로 말하는 '텅장'은 젊은이들만의 이야기가 아니다. 텅 빈 통장 잔고를 보는, 열심히 일한 농부의 마음 역시 심하게 허탈하단다. 코로나로 상황은 더 어려웠다. 괴산의 농부들이 모여 한 달에 두 번씩 열던 직거래 장터를 1년 반 꼬박 열지 못했다. 수확이 적으면 적은 대로, 많으면 또 많은 대로 걱정이야. 내년은 또 어떻게 될지. 그렇게 견뎌온 10년이다.

동네 할머니께서 그러시더구나. "이 집은 풀도 키워?" 그래도 제초제를 쓰지 않는다. 유기농을 하겠다는 것도 욕심인지 밭엔 풀이 무성하다. 봄, 여름, 가을 풀과 실랑이해도 풀이 늘 이겨. 작물에도 유행이 있고, 규모가 되는 농가들은 돈 되는 작물을 좇아 심기도 한단다. 곁에서 보면 부러워. 농사로도 부자가 될 수 있구나. 그렇지만 그럴 형편이 못 되는 소규모 농가는 많이 서글프지. 애쓴 만큼 돈도 되면 좋겠다는 속물적 마음을 굳이 감추고 싶지 않다.

그래서 한숨이 터진다. 너를 말릴 수 없는 것 또한 잘 알아. 갓 초등학교에 입학했을 때, 수업이 끝나자마자 땀을 흠뻑 흘리며 단숨에 집까지 달려와 스타크래프트를 즐기던 아이. 점심을 다 먹고 나면 피아노 학원에 가야 하니까 꾸역꾸역 밥을 두 그릇씩 먹던 아이. 하고 싶은 건 기어이 해야 하는, 하기 싫은 건 절대로 하지 않는, 너는 그런 아이이지.

그럼에도 어서 오라는 말을 못 하는 10년 차 농부다. 선뜻 반기지 못하는 엄마 마음을 알겠니. 든든한 자격증이라도 하나 따서 오면 어떨까 싶은데. 그래도 그간 해온 법 공부가 아쉽지 않겠니. 학교 다닐 때는 성적도 잘 받아 왔잖아. 아직 늦지 않았으니 학원에라도 의지해보면 어떨까.

인생을
시골에 걸어볼 생각입니다

로스쿨에서 깨달은 게 많습니다. 넘어지는 법을 배웠달까요, 제가 특별하지 않다는 걸 배웠달까요. 그래서 더 귀농이 하고 싶어졌습니다. 사람들과 함께 일하고, 흙 만지면서 즐겁게 살 수 있는 저니까. 곧 변호사가 되리라 생각되던 아들이 이제는 농부가 되겠다니 당황스러운 어머니 마음을 모르는 바는 아닙니다. 그런데 이제 할 만큼 했으니 아쉬울 게 없습니다. 제가 누구보다 잘할 수 있는 일을 찾아 하렵니다.

　인생에서 최선을 다해 3년 공부해보는 것도 나쁘지 않겠다며, 로스쿨을 성장할 기회로 여겼어요. 잘 살아남으면 자연히 변호사가 되리라 생각했었는데 아쉽게 그러지는 못했습니다. 사실 저는 스스로 '머글(해리 포터 시리즈에서 마법사가 아닌 일반 인간을 가리키는 말)'이라고 생각하며 공부했어요. 수험 법학을 오래 한 사람, 관련 경력자, 법학과 졸업자들 같은 법사(法士)들 사이에서 법을 전혀 모르는 저는 별수 없는 '머글'이었습니다. 그래서 더 열심히 하고자 했습니다. 성실하면 어떻게든 살아남아 결국 이루리라 생각했죠. 닉네임을 잘못 정한 걸까요. 계속 머글로 남겠네요.

입학 전에는 법학 경험이 없더라도 제게 '절대우위'가 있다고 믿었습니다. 어떤 어려운 일도 거뜬히 해낼 자신 있었어요. 늘 그래왔으니까요. 제대로 공부를 시작하기도 전에 그런 망상은 깨졌습니다. 전에 없던 대단한 사람들이 로스쿨로 공부하러 왔습니다. 회계사, 금융감독원장 비서관 하던 형, 5개 국어를 가볍게 하는 형, 약사 누나, 서기관 누나, GPA(내신성적) 만점인 동생, 특전사 출신에 대위 제대한 형…. 쌓아온 꼬리표만 대단한 게 아니라, 삶을 대하는 태도들이 훌륭했습니다. 탄탄한 논리를 바탕으로 하는 자신감, 목표를 성취하고자 하는 의지, 철저한 자기 관리, 차분하게 자기 생각을 말하는 방법 등 많은 것을 동기들로부터 배웠습니다.

학교 성적표를 처음 받아봤을 때 마음이 무거웠죠. 늘 그렇듯 최선을 다했고 최고의 성적을 기대했는데 결과는 그렇지 못했거든요. 공부법이 문제인가 고민했습니다. 저는 어떻게든 한 자라도 더 보면 된다고 생각했습니다. 미련하게라도 공부 시간을 많이 가져가는 사람이었어요. 1학년 때 '랩규'라는 교수님이 있었습니다. 랩하듯 빠르게 강의를 하셔서, 교수님의 이름 중 한 글자와 '랩'을 붙인 별명이었죠. 그 과목 첫 강의부터 마지막까지 녹취록을 작성했습니다. 완성해놓고 보니 글자 크기 10포인트로 A4 200장이 넘었어요. 2학년 때는 출강 판사님의 형사재판 실무도 녹취했습니다. 미련하다는 소리를 많이 들었지만, 그 정도 미련하게 공부하면 될 줄 알았죠. 열심히 하지 않았기에 떨어진 건 아닙니다. 제가 무얼 잘하는지, 어떻게 시간을 써야 하는지 충분히 고민하지 않은 채 진학을 선택했기에 따라온 당연한 결과랄까요.

절대우위와 상대우위. 모든 면에서 뛰어난 나라여도 상대적으로 더 잘 만드는 것에 집중하는 편이 효율적이라는 무역방법론입니다. 아무리 대단한 능력을 갖춘 나라라고 해도 더 잘하는 것에 집중해 자원을 쓰는 것이 더 효율적입니다. 사람도 마찬가지죠. 모든 걸 잘해낼 엄청난 사람이라도 상대적으로 더 잘하는 일에 집중해야 합니다. 모든 사람에게 하루는 24시간으로 정해져 있어요. 본인이 가장 빛날 수 있도록 시간을 써야 합니다. 그런데 저는 제가 가장 잘할 수 있는 게 무얼까 고민하지 않고, 일단 로스쿨에 진학한 것이죠.

가만 보니, 저는 앞에 나서서 이야기하는 걸 좋아합니다. 직접 이것저것 만들어보는 것도 좋아하죠. 몸이 더러워지도록 흙 만지는 것도 좋아하고, 땅벌레도 좋아해요. 그럼 제가 가장 빛나기 위해 어떻게 시간을 써야 할까요.

서울 밖에서 사는 건 능력이 없어서라고 생각하는 사람이 많아요. 원체 도시 생활을 꿈꾸며 이촌향도한 사람들을 많이 접하다 보니, 시골에 가서 산다는 말은 '비우고 살겠다'는 말로 이해하기도 하죠. 아녜요, 저는 인생을 시골에 걸어볼 생각입니다. 어떻게 시간을 쓸지 스스로 정하는 삶을 살고 싶어요. 사람들이 기피하는 시골이 오히려 기회의 땅이죠. 시골에서 활용될 훌륭한 달란트를 가졌고, 농부인 부모님을 뒀으며, 시골의 삶을 해봄직한 도전으로 여기는 사람이라면 변호사가 되겠다고 학원에 가서 쓰는 돈과 시간이 아깝지 않겠습니까.

로스쿨에서 토 나올 때까지 공부한 덕에 삶에 대한 확신을 갖게 되었습니다. 요새 실무수업 중에 만난 판사님 생각이 많이 납니다. 수업이 끝나면 꼭 원하는 사람 서넛을 모아 학생들이 먹기 어려운 맛있는 밥을 사주셨습니다. 그 자리에서 어떤 질문도 다 받아주시고요. 상대를 귀하고 동등한 사람으로 진솔하게 대하시는 게 좋았습니다. 마지막 수업 때는 학생들 이름 하나하나를 부르시고는 "수고하셨습니다" 인사해주셨어요. 그런데 그렇게 훌륭하신 분의 가장 큰 걱정이 무엇이었는지 아시나요? 바로 자녀들이었어요. 인간사 걱정은 크게 다르지 않나 봅니다. '아무리 봐도 교수님보다 훌륭한 스승은 없을 것 같은데, 바쁘니 남에게 맡겨 아이를 가르치게 되는구나' 생각했습니다. 일에 바빠 제일 마음이 가는 사람과 보내는 시간이 부족하다면 성공이 무슨 소용인가요. 시골에서의 삶은 더 자기 주도적이고 유연하며 가족과 함께인 시간이 많은 삶이라고 생각해요. 저에겐 시골살이가 좋겠습니다.

지난 여름에 한 일을
엄마는 다 알고 있다

그래, 네가 용기 있게 로스쿨에 도전했다는 것과 최선을 다했다
는 사실만 기억하고 싶구나. '될 때까지' 한다는 명목으로 매달
렸을 때, 사람이 어떻게 망가지는지 가끔 실감한단다. 결과를
떠나서 네가 잘할 수 있는 것을 찾았다는 말과 그에 집중하고자
하는 마음가짐은 부모로서 반갑고 참말 기쁘다. 누군가 자신의
아픔을 드러내는 것은 이미 그 아픔을 뛰어넘는 것이라 하던데,
네가 자신에게 당당하면 더 바랄 게 없다.

　귀농을 이야기하는 널 보며 별생각을 다 한다. 그런데 보
아하니, 귀농과 귀촌을 잘 구별해 생각하지 않는 것 같다는 생

각이 들어. 많은 사람들이 귀농을 말한다. 언젠가 시골에서 마당 딸린 집 짓고 여유롭게 사는 그런 귀농 말이야. 그런데 '귀농'은 어렵다. 농사는 고되고 힘들단다. 사람들이 꿈꾸는 그런 여유 있는 귀농은 사실 '귀촌'이지. 시골 마을에서 살더라도 농사를 짓지 않는 귀촌. 좋지. 은퇴할 때까지 도시에서 열심히 살다가, 퇴직금 받아서 시골 땅에 집 짓고, 한적하니 연금 받으면서 말야. 엄마는 너에게 이런 귀촌을 권해주고 싶다. 누군가는 꼭 농사를 지어야 한다고 생각하지만서도, 아들딸에게는 권하고 싶지 않은 게 부모 마음이다.

은퇴가 꼭 나이 든 사람들만이 하는 일은 아니라 생각한다. 젊은 사람들도 많이 하더구나. '파이어족'이라지? 가장 중요한 건 '경제적 자유'인 듯해. 열심히 일해서 경제적 자유를 갖춘 이후 하는 빠른 은퇴, 이런 걸 생각해보면 어떨까? 아직 도시에서 일을 시작하기에 늦은 나이 같지는 않구나. 무언가를 해도 사람이 많은 곳에서 하면 기회도 훨씬 많을 것 같고 말이야.

너에게 또래 괴산 청년 'ㄱ 씨'의 시골살이 이야기를 들려주고 싶어. 그는 도시에서 훌륭한 일자리를 구했지만, 캐나다로 어학연수를 가게 되면서 직장을 정리했더란다. 연수를 마치고 돌아와서는 농사짓는 부모님 옆에서 딱 3년만 농사를 해보겠다며 시골살이를 시작했다. 첫 농사는 감자와 옥수수였다. 열심히 농사지어 1톤 트럭 가득 감자를 무게별로 골라 담아 수매하는 곳으로 가져갔는데, 무게를 대략 감으로 선별한 결과 삼분지 이 값밖에 못 받는 낭패를 맛보았다지. 그런데 선별 작업에는 일손이 더 드니, 그 돈을 생각하면 제값을 받아도 별반 소득이 없다는 것이야. 옥수수도 매한가지였단다. 그의 말을 빌리자면 "그렇게 3년 죽어라 모아도 비행기 표 한 장 못 살 거 같다"고 했다. 이것이 농촌의 현실이야. 그래도 호기로웠어. 제대로 해보겠다며 블루베리 농사를 다시 시작했지. 묘목을 사고 지하수도 파면서 600평 정도에 3천만 원을 투자했대. 블루베리는 한 알, 한 알 따야 하는 어려움이 있을 뿐만 아니라 유통기한이 짧아 수확과 동시에 배송을 해야 하는 부담도 있더란다. 거기에 값싼 해외 블루베리에 밀려나는 일을 겪으면서 다시 어려워졌대. 농사란 게 많은 것이 하늘에 달려 있는 일이야. 수박 농사도 해봤지만 그도 한 해는 가격 폭락, 한 해는 폭염으로 접어야 했다고 한다.

그 역시 농사짓는 부모님이 계셨고, 의기충천한 실행력도 가지고 있었지. 영어가 유창한 통역사이기도 하고 말이야. 그는 스스로 8년차 '초보' 농부라고 한단다. 그의 후일담은 더 이어지지만 도전을 앞둔 네가 어미의 염려를 새겨들었으면 해서 하는 말이다.

아무리 아들내미가 나이를 먹어도, 어미 눈에는 아기처럼 보이는가 보다. 옛날 가족 여행 갔을 적에 찍은 너의 사진들을 보면 네가 얼마나 아기 같은지. 특히 산 정상에서 찍은 사진들은 하나같이 성이 잔뜩 나서 째려보고 있단다. 중턱까지는 제가 제일 먼저 올라가겠다고 날다람쥐처럼 뛰어오르다가도, 중턱을 넘어서는 정상에 꼭 가야 하냐며 그만 내려가자고 생떼였지. 너 초등학교 시절 대둔산에 올라갔던 때를 기억하는지 모르겠다. 그날 찍은 사진을 보면 쾌청한 산 냄새가 나는 듯 날이 좋았다. 그런데 사진 속 네 표정은 심술이 잔뜩 나 있어. 한참을 잘 따라 걷던 네가 평평한 바위를 만나자마자 이마에서 땀을 뚝뚝 흘리며 등짐을 벗어던졌다. 이제 못 간다고, 가려면 업고 가라며 성내던 모습이 떠오르는구나. 비슷한 상황은 많이도 있다. 중학교 다닐 무렵 설악산 대청봉을 올라갈 때였지. 왜 우리 가족은 힘들게 가족 여행을 산으로 다니느냐며 공연히 잘 가고 있는 누나에게 시비를 걸다가, 토라져서 길바닥에 드러눕던 모습도 기억나. 물론, 결국 무사히 등산을 마쳤다는 것은 잘 안다만 시골에 오겠다고 하는 아들의 옛 모습이 왜 자꾸 떠오르는 것인지….

34

농사는 뙤약볕 아래 등산보다도 뜨겁고 길고 괴로울 텐데 잘할 수 있겠니.

도시에서 가끔씩 한번 오는 시골은 낭만도 있어 보이고 여유로워 보일 거야. 현실은 절대 만만하지 않다. 몇 번이고 강조하고 싶어. 촌에 땅은 많은데 사람이 적으니 도시에서의 알바 자리보다는 일자리가 많을 거라는 이야기 한 적 있지? 농사일은 농번기에 집중된다. 봄여름 내 자기 일을 다 치른 이후에나 주변을 살필 수 있는데, 한 마지기라도 밭을 일구는 사람은 일자리고 뭐고 다른 일을 할 여유가 없단다. 또 여기저기 농지는 비싸져서 자기 땅 갖기가 어려워. 그렇다고 남의 일만 거들자니 한철일 뿐이야. '일하는' 농민 자체를 늘리는 수를 내지 않고서 시골 일자리를 운운하는 건 잘 모르는 사람들이나 할 말이더구나. 그러니 시골살이 이래저래 어렵다. 돈벌이에서의 완전한 해방을 이루지 않고서 내려온다는 아들을 말릴 수밖에 없네.

고추 수확이 끝난 고추밭에는 아직도 고추가 주렁주렁 달려 있다. 몇 차례 수확을 한 이후에도 새로 고추가 열리고 빨갛게 익어가지만 아무도 따지 않는다. 따봐야 일손만 들고 제값에 팔 수 없기 때문이다. 절임 배추 일이 끝난 배추밭도 그렇다. 수확이 끝난 브로콜리 밭도, 양배추 밭도 마찬가지야. 얼추 수확이 끝난 밭들은 그냥 그대로 갈아엎는다. 그건 농부들이 여유로워서가 아니다. 힘들게 다시 수확해봐야 그 공들인 값도 못 받아서 그런 거야. 제값 받지 못한다는 말을 시골에 오면 여실히 느낀다. 그래서 값을 주고받는 그런 경제적 굴레에서 완전히 자유롭지 못한 채 내려오겠다는 아들이 걱정된다. 너를 못 믿어서가 아니란다.

그때도 해가 쨍한 날이었네. 야영 체험학습을 위해 조원들이 준비물을 분담했고 너는 텐트 담당이었다. 엄마는 일을 가야 했지. 캄캄해져서야 일을 마치고 학교로 갔다가 다른 엄마에게 들었어. 도와주는 사람 없이, 엄마가 도착할 무렵에야 간신히 텐트를 쳤노라고. 그래도 엄마에게 불평 한마디 없었지. 든든하고 멋진 아들이야. 그런데 이 나라에서 농촌을 어떻게 대하고 있는지, 농촌의 현실이 얼마나 빡빡한지, 직접 살아보지 않고서야 알 수 없기에 노파심이 생긴다. 백번 양보해서 적성에 맞는 너야 그렇다 쳐도, 로스쿨 생활 하느라 결혼이 늦어진 너의 아내에게 미안하지 않겠니. 귀하디귀한 며느리에게 귀농은 정말 권해주고 싶지 않단다. 사부인 보기 얼마나 민망한지 너는 아니….

우리가 꿈꾸는 삶에 붙는 이름은
중요치 않습니다

2020년 4월 24일. 당연히 붙을 줄 알고 있었던 시험에 떨어진 다음 날이자 상견례 날이었습니다. 그날 난감해하시던 어머니 아버지 얼굴이 생생합니다. 장모님 댁은 가까이 있었기에 상견 례 전에도 자주 왕래가 있었어요. 종종 찾아가면, 부모 품 떠나서 고생한다며 따뜻한 밥을 해주셨습니다. 맛난 음식을 많이도 준비하셔서 장모님 댁에 갈 때는 약간 헐렁한 바지를 입고 갔어요. 가끔 시험 얘기를 꺼내실 때면 걱정 마시라 너스레를 떨었는데, 뚝 떨어졌습니다. "변호사가 될 줄 알았던 사위가 농부가 되겠다니! 이 결혼은 반대다!"라고 하셔도 할 말이 없을 텐

데, 장모님은 제가 시골에 내려가 살겠다고 할 때도 '잘해보라'
며 다시 따뜻한 밥을 해주셨습니다. 그간 고생했다는 말씀도 덧
붙이셨지요. 변호사가 되어서 자랑스럽게 해드리고 싶었는데
죄송하다는 말씀을 드렸는지, 그런 말도 못하고 말았는지, 기억
이 나지 않습니다. 그래도 늘 말씀드리는 것이 있습니다. 아내
는 꼭 행복하게 해주겠다고요.

　　장모님이 걱정하시는 건 딱 한 가지라고 여러 차례 말씀
해주셨어요. '오서지기'라고 하죠. 날다람쥐처럼, 못하는 것 없
이 다 잘하는데 무엇 하나 또렷이 잘하는 것이 없는 이들의 재
주를 이르는 말입니다. 날다람쥐는 다람쥐보다 몸집도 크고 나
무와 나무 사이를 뛰어다닐 수 있으나, 다람쥐만큼 나무를 잘
타지 못하고 새처럼 휘리릭 날아갈 수도 없습니다. 어떤 재주든
하나 진득하게 이루길 바라시는 마음이겠죠. 사실 저도 어떤 한
가지 재주를 키워서 일가를 이루고 싶습니다. 그런데 키워야 할
게 꼭 '기술'일 필요는 없다 생각해요. 저는 사람의 마음을 움직
일 수 있는 재주를 갖고 싶습니다. 그러니 저 역시 늘 같은 방향
성을 두고 '진득하게' 살고 있다고 믿습니다.

　　예로부터 무릇 사람을 평가할 때 신언서판(용모, 언변, 글씨
체 및 글솜씨, 사리 분별력)을 보았다 하는데, 저는 훌륭한 삶을 '인

지체매재(인성, 지성, 체력, 매력, 재력)'로 나누어 볼 수 있다고 생각합니다. 사람은 사람다워야죠. 그러기 위해, 옳고 그름을 곧잘 알아챌 정도로 똑똑하며, 자기가 하려는 일을 거뜬히 해낼 만큼 몸과 마음이 튼튼해야 합니다. 여기에 매력을 조금 더해 다른 사람을 감동시킬 수 있을 정도의 사람이 된다면, 재력은 따라오기 마련 아닐까요. 그러니 큰 부자가 되려면 먼저 똑똑하고 튼튼한, 또 사람다운 사람이 되어야 한다고 생각합니다.

이런 생각은 아내를 만나며 키워왔어요. 결국 손에 남는 것에 집착하지 말고 천천히 서로를 키워가자고 약속했습니다. 그러기 위해선 삶을 대하는 태도가 제일 중요한 것 아니겠냐고, 그려놓은 대로 인생이 흘러가지 않더라도 괜찮다고 다독여준 아내입니다.

사람은 나면 서울로 보내야 한다죠. 왜 그런 소리를 하는지 잘 알고 있습니다만, 모두가 가지 말라는데 가고 싶은 길이 있습니다. 정약용 선생께서는 복을 '열복'과 '청복'으로 나눴습니다. 세상을 호령할 열복과 유유자적 풍류를 즐기는 청복이 있는데 열복만큼 청복도 큰 복이라며 청복을 은근히 치켜세웠다 합니다. 물론 선생께서 낙향하신 때에 서울에 남은 아들들을 위로하며, 아비가 누리는 청복도 복이니 걱정 말라고 한 말인 줄 압니다. 그렇다 해도 저희가 유유자적 청복을 누리려고 시골에 가려는 건 아니에요. 오히려 시골에서 더 많은 열복을 꾀할 수 있다고 생각합니다. 어느 때보다 뜨거운 마음을 가지고 시골로 갑니다.

어머니 말씀대로 농사는 어렵습니다. 귀농하신 지 벌써 10년 되셨네요. 그간 멀리서나마 지켜보았을 때도 절대 편해 보이는 삶이 아니었습니다. 항상 바쁘시고 해야 할 일이 늘 있었죠. 절임 배추 작업, 밭매기, 풀 뽑기, 열매 따기… 무엇 하나 쉽지 않습니다. 전화할 때면 끙끙 앓으시는 게 보이는 듯했어요. 쉬워 보여서가 아니라, 저 역시 어렵지만 가치 있는 일을 꾸릴 수 있겠다는 마음에서 출발했어요.

이런 제 결심은 버트런드 러셀의 《게으름에 대한 찬양》이란 책, 그리고 일본 기자 곤도 고타로의 실험적 삶을 소개하는 《최소한의 밥벌이》란 책에 담긴 개념에 바탕합니다. 천재 철학자 러셀은 '하루 8시간의 노동은 너무 힘들다'고 잘라 말해요. 따라서 하루 4시간씩 노동하고, 남는 시간은 생산적인 무언가를 할 것을 제안합니다. 그런 방식으로 사람은 호기심 어린 삶을 살 수 있다고요. 러셀은 게으름을 찬양하는 공동체를 만든다면 그런 유토피아적 삶을 살 수 있으리라 말합니다. 제가 찾은 그 공동체가 바로 시골이에요. 기자인 곤도 고타로는 하루 1시간만 농사를 지으면 굶을 걱정 없이 글을 쓸 수 있겠다는 생각으로 시골로 향합니다. 이건 농사를 하나도 모르는 사람이었기에 가능한 도전이었죠. 농사란 하루 1시간으로 이루기 어렵죠. 그렇지만 '최소한의 밥벌이'라는 가능성을 보았습니다. 시골에서 농사짓는 사람은 굶지 않습니다. 로스쿨생 시절, 변호사를 두고 면기난부(굶지 않으나 부유해지긴 어렵다)의 직이라는 이야기를 많이 들었는데, 참으로 농부가 그렇습니다. 모험적인 삶을 살고자 하는 이들이 굶을 걱정 없이 마음껏 하고 싶은 것들을 할 수 있다면 정말 많은 걸 해낼 수 있지 않겠습니까. 그래서 시골에서 하루 4시간씩 농사를 지을 생각입니다. 남는 시간에는 여러 모험을 해보려 해요.

말씀하신 것처럼 귀농과 귀촌은 다르죠. 농사만으로 열복을 누리기엔 어렵다고 생각합니다. 저는 어떤 농사든 거들 수 있는 사람이고자 해요. 농사를 크게 짓기보다도 감당할 수 있을 만큼만 딱 짓고, 고춧가루 빻고, 참기름 짜고, 누구나 찾고 싶은 농가를 만들고 싶습니다. 시골에서 그렇게 마음이 담긴 사업을 일구고 싶어요. 이건 귀촌일까요, 귀농일까요. 붙는 이름은 중요치 않습니다.

아내와 7년을 만나면서 많은 선택을 해왔습니다. 대학을 졸업하며, 일자리를 잡은 뒤 서둘러 결혼을 할 수도 있었죠. 그럼에도 로스쿨에 갔던 건 '더 멋진 사람이 되고 싶어서'였어요. 아내와 함께 한 결정이었습니다. 서로 더 크고 멋진 사람이 되기 위해서는 성장할 시간을 충분히 가져야 한다고 생각했기 때문이에요. 직장 생활 하는 아내가 보기에, 회사 일이란 많은 시간을 남을 위해 쓰게 되는지라 빠른 시일 내 큰사람이 되기 위해서는 오롯이 스스로를 위해 시간을 쓸 필요가 있다고 했습니다. 다시 선택의 기로에서, 로스쿨 때와 같은 맥락으로 시골살이에 도전하기로 했습니다. 시골에 내려가자는 결정도 저 혼자 내린 결정이 아닌, '우리'가 함께 내린 결정입니다.

흙이 가진 힘을
오롯이 받아 자라는
자연스러움이 좋아요

안녕하세요, 어머님. 보라입니다. 이렇게 편지로 인사드리니 특히 더 쑥스럽네요. 글에는 자신이 없지만, 조금이라도 제 생각을 보여드리고 싶어서 편지를 써봅니다. 평소에 어머님께 범상치 않은 '아우라'를 느꼈는데, 어머님의 글을 보며 그 뿌리가 참 깊다는 사실을 깨달았습니다. 저도 어머님처럼 그렇게 귀농 생활을 할 수 있을까 생각해봅니다. 괴산에서 어머님께서 하신 모든 일들이 대단하고 존경스러워요.

어머님, 제 남편 못지않게 저도 귀농에 대한 마음이 크답니다. 초등학교 때부터 어떤 이유인지, 디자이너라는 직업을 꿈꿨어요. 디자이너가 어떤 일을 하는지 구체적으로 알지 못했지만 무언가 사람들의 생활에 직접적으로 영향을 주는 일이라 생각했던 것 같습니다. 그렇게 디자이너로 처음 일을 시작하면서, 당당하고 멋진 커리어 우먼이 되었다는 사실에 기뻤어요.

디자이너로서 IT 업계에 몸담고 있다 보면, 시대의 변화에 정말 민감해집니다. 생활의 모든 것에 안테나를 세워두고, 레퍼런스들을 찾아가며, 트렌드에서 조금이라도 뒤쳐지지 않기 위해 발버둥 쳐요. 어딘가에서 새로운 무언가를 만들어내면 바로 그에 맞춘 서비스를 준비합니다. 빠듯한 일정에 디자인을 깊이 고민할 시간도 많지 않습니다. 그렇게 영혼을 쥐어짜 만들어낸 작업물이어도 몇 달이면 금세 갈아엎어져서, 제 포트폴리오에만 남아 있는 디자인이 되기 십상이에요. 그치만 속상할 겨를도 없이, 또 새로운 프로젝트에 영혼을 갈아 넣어야 하죠.

그럼에도 디자인이라는 일을 좋아해요. 좋은 디자인은 트렌드에 민감하지 않고, 간결하게 많은 걸 표현해 낼 수 있다고 믿거든요. 언젠가 제가 그런 훌륭한 디자이너가 되고 싶었는데, 10년을 넘게 일하면서 정말 그렇게 될 수 있을까 의심만 커졌습니다. 오히려 제가 하는 디자인들이 거대한 소비 사이클에서 '더 빨리, 더 많이' 낭비되도록 부추기는 역할을 하는 것 같았어요.

모든 것들이 대량으로 생산되어 넘쳐나고, 그만큼 함부로 대해지는 것 같습니다. 상품성 있고 때에 맞춰 잘 팔리는 것들을 대우하는 세상에서, 쉽고 빠르게 많이 만들어 팔고, 남는 것은 그냥 버리는 것이 됩니다. 이렇게 생각하고 있음에도! 부끄럽지만 하루에도 수십 번 그저 예쁘고 좋아 보이는 것들에 마음을 뺏겼다가 정신을 차려요. 10여 년간 몸에 익은 직업 정신(?) 때문인지, 훌륭한 디자인과 마케팅에 너무도 쉽게 흘려지는 호구인진 모르겠지만요.

얼마 전에 꽃 시장에 다녀왔어요. 이것저것 구경

을 했는데 미니어처 같은 작은 나무에 연보랏빛 꽃들이 달린 라일락 나무를 보고 홀린 듯 사왔습니다. 사실 저희 집 화단에는 어머니께서 만들어다주신 라일락 화분이 있죠. 제가 식물을 많이 키워보고 싶다고 하니, 시골집 앞마당에 있던 라일락을 정성스레 퍼다 주셨어요. 집에 두고, 바람도 쐬이고, 햇볕 잘 드는 곳에서 영양제도 주며 기른지가 1년이 훌쩍 지났습니다. 그런데도 아직 꽃을 피우지 못했어요. 제가 사온 라일락은 그 나무보다 훨씬 더 여린 새순 같은 작은 잎을 가지고 있습니다. 줄기도 꽃도 여리여리하지만 탐스러운 꽃송이들이 주렁주렁 피어 있습니다. 두 화분을 나란히 두고 보자니, 어머니께서 만들어주신 화분은 느리지만 튼튼하게 성장해갈 모습이 보이는데, 제가 사온 화분은 팔리기 위해 이 여린 생명이 혹사당한 건 아닌가 싶었답니다. 예쁜 모습에 마음이 팔려, 바로 생각지 못한 것 같아 부끄러웠어요.

생활 가까이에서도 무언가 불편한 마음은 계속 듭니다. 저희 아파트 상가에는 마트가 하나 있습니다. 저녁 시간이 지나면 유통기한이 얼마 남지 않은 채소에 70퍼센트까지도 할인이 붙어 있어서 퇴근 무렵 종종 들러 장을 봅니다. 까탈스러운 제가 보기에도 꽤나 멀쩡한 것들이 많이 있어요. 먹기에 충분히 문제없는데 그마저도 팔리지 못하면 폐기 처분 되겠죠. 세상의 얼마나 많은 것들이 그럴까요?

저는 꽃이 언제 필지 몰라도 차근차근 잎과 몸을 키워나가는 라일락이나, 흙이 가진 힘을 오롯이 받아 자라는 유기농의 자연스러움이 좋아요. 하지만 제가 좋아하는 것들을 제대로 대접해주지 못하는 것 같아서 마음 한구석에 늘 불편함이 있습니다.

오래 걸려도 하나하나 사람의 손을 탄, 영혼이 깃든 수공예품이나, 오랜 기간 단련하며 경험을 쌓으신 '장인'들을 보면 가슴이 뛰어요. 앞으로는 트렌드에 민감하게 움직이며 앞서려고 아등바등하기보다, 자기만의 힘을 길러서 하나의 '풍'을 이루는 사람이고 싶습니다. 시골에서 내 식구들이 먹을 것 정도는 농사지어 해 먹고, 더 나아가 어머님 아버님이 하시는 땅을 살리는 일에 함께하

면 좋겠습니다. 못생기고 알이 잘아도 쪄보면 노오랗게

익는 감자, 한 해 참깨 농사 힘겹게 지어서 나온 세 병의

참기름 같은 귀한 것들을 오롯이 품으며 살고 싶습니다.

소박하고 전통적인 멋이 깃든 시골에서 자연스럽게 살

고 싶어요. 아직도 많은 벌레들을 상상하면 소름부터 돋

지만 익숙해질 거예요!

산본에서,

며느리 올림.

시골살이는 '리틀 포레스트'가 아니라
'체험 삶의 현장'이지

꽃 진 자리마다 아로니아가 소물소물 달린다. 작은 것으로 가득
찬다는 소만(小滿) 절기를 지나가며 내린 비에도 벌써 여름철 장
마를 떠올릴 만큼 날씨에 예민한 요즘이다. 줄곧 학생이던 너를
오래 기다려주고, 어려울 때 든든한 버팀목이자 용기가 된 보라
가 정말 기특하고 고마워. 이제 막 꽃봉오리를 만들어가는 너와
보라의 이야기를 들을 때면 나도 너희 아버지와의 시작을 생각
하게 된단다.

　즐겨 듣는 라디오 프로그램 중에 '사소한 문제 해결'이란
코너가 있었어. 결코 문제가 해결되는 거 같지 않았지만 상당히

공감되는 부분이 많았단다. 결혼 생활에서 반복되는 사소함의 무게가 결코 적지 않으니, 시골에 오겠다는 뜻을 같이했다 하더라도 사소한 것에서부터 항상 배려하는 마음을 잊지 말렴.

한 지붕 아래서 40년간 살면서 쌓인 사소함의 무게를 이야기하고 싶어. 내가 눈에 깍지가 씌어 결혼한다고 할 때는 앞뒤 가리지도, 무얼 계산하지도 않았다. 시할머니에, 시동생까지 있는 판잣집도 괜찮다고 했다. 그런데 살아보지 않고서는 일상의 습관은 알 수 없는 노릇이지. 서로 너무도 다른 습관을 알게 된 건 시댁 식구들도 아들딸도 다 떼어놓고 둘만의 시간을 다시 갖고 나서였다.

26년의 직장 생활을 정리한 뒤 배낭 하나 메고 유라시아 횡단 여행을 할 때, 엄마는 매일 아침 심심했어. 여행 내내 새벽이 밝기도 전에 잠이 깨어 옆지기가 일어날 때까지 뒤척이며 기다려야 했지. 아빠는 아침잠이 많은 사람이었다. 뿔이 나서 한 소리 하면, 그 변명이란 수십 년 전 군대까지 이어진다. 작전처 차트병으로 밤 새워 차트를 썼는데 그런 군 생활이 끝나고 나서 생긴 습관이라고 해. 그렇게 아침에 늦게 일어나는 게 버릇이 되었다는데 그제야 알게 된 게 어찌 보면 당연했지. 돌이켜 보니, 직장 생활을 할 때도 새벽까지 컴퓨터 앞에 앉아 있는 일이 허다했단다. 밤이 깊을 때 집중이 잘된다고 하면서 말이다(아침을 늦게 맞는 그 습관 때문에 지금도 속을 달래고, 또 달래고 있단다).

농부로 살기로 결심하고서도 너희 아빠는 아침잠이 많다. 엄마는 닭이 울면 눈이 떠지는데 말이지. 시간이 아까워서 혼자 호미 들고 밭에 가면 괜시리 짜증이 솟는다. 결혼하며 '손에 물 한 방울 묻히지 않겠다'는 흔한 약속을 하지 않던 아빠다. 그런 솔직한 모습이 좋았는데, 이렇게 개고생을 시킬 줄이야. 사람마다 다르다지만, 좀 부지런히 하면 좋겠는데 어쩜 저리 천하태평인지.

사소한 문제 같지만 일상에서 반복되고 누적되면 한 번은 터지기 마련. 네 아빠는 무슨 일인가 집중하면 옆에서 무슨 말을 해도 못 알아들어. 분명히 말을 했는데도 귓등으로 넘겨듣고는 모른다 하니 속이 뒤집어지지! 혼자서 바쁜, 긴 아침을 보내고 나서 그런 일이 있으면 불꽃이 튀게 한바탕하는 거지.

아로니아 가공 사업도 마찬가지였어. 새로운 일을 추진하는 것에 신이 났었다. 마냥 생과로 판매할 수 없다고 가공을 시작했지. 캠벨 포도와 함께 주스를 만들기도 하고, 복숭아와 혼합해 만들어보기도 했어. 수많은 시도 중 아로니아 발효 원액은 지금까지 만들고 있지만 찾는 사람 없는 것들은 모두 중단해야 했다. 새 제품마다 만든 스티커와 포장 상자들은 상자째 여기저기 쌓여 있단다. 네 아버지의 집중력은 대단해서 하고자 하는 일을 척척 해내지만, 새로운 것을 만들어내는 기쁨에 집중하다 보면 결과 예측에 소홀해지는 아쉬움이 있단다. 말을 바로 하자면 엄마도 무조건 동조했으니까 '우리'의 아쉬움이겠다. 사소한 일마다 따지기가 싫어서 못마땅해도 넘어가다 보니 사업 성과를 만들어내야 하는 일에도 그렇게 됐네. 지금 눈에 보이는 것이 다가 아닌 만큼 스스로의, 그리고 보라의 속마음까지 꼭 생각해보면 좋겠구나.

겉옷을 벗게 하는 것은 심술궂은 바람이 아니라 따뜻한 햇빛인 것처럼, 따뜻함을 나누는 너희는 그야말로 천생연분이지 싶다. 사부인의 이야기를 들으니 네 짝꿍의 따뜻함이 어디에서 왔는지 가늠하고도 남는다. 다만, 그렇다고 시골살이가 쉬워지는 건 아니다. 영화 〈리틀 포레스트〉는 만들어진 이야기란다. 현실에서 부닥치는 어려움은 접어두고 '딱 1년'이라는 환상에 바탕한 영화라고 생각해. 농사일이 한창일 때면 요리조차 힘든 현실이다. 새벽부터 밭에서 씨름하다 보면 팔다리며 허리며 안 쑤시는 데가 없거든. 점심은 보통 간단한 끼니로 때우고, 해

거름까지 작업한 날은 바깥 음식을 먹을 때도 종종 있단다.

이곳 시골에서는 아이들 교육 문제 또한 큰 고민거리다. 혹여라도 부모가 될 생각이 있다면, 교육에 대한 시골의 형편을 곰곰이 생각해보면 좋겠다. 단순히 학교가 멀리 있다는 문제에서 그치지 않는다. 마을에 또래가 없다는 건, 그만큼 주변을 생각할 기회를 잃는 게 아니겠니. 우리 마을에는 아이 울음소리가 그친 지 오래란다. 누나, 친척 식구들과 함께 자라고 또래가 가득한 학원을 다녔던 너는 그런 외로움을 모를 거야. 많은 어른들 사이에서 홀로 지낸 아이의 마음은 어떻겠니. 형제가 있더라도 마찬가지다. 친구들은 어디서 만날 것이며, 이 아이들의 또래 문화는 어떻게 되는 걸까. 부모가 공동체 중심적 교육관을 갖는 것과는 별개로, 시골에는 아이들이 누릴 공동체조차 빈약하다. 도시 아이들과의 '점수' 경쟁은 말할 것도 없다. 시골에서는 무언가를 배울 기회조차 귀한 현실이다. 그래서인지 도시로 유학(?) 보내는 경우를 주변에서 흔히 본단다.

네가 정약용의 청복과 열복으로 설명했으니 나도 정약용의 의지를 빌려 답해보려고 한다. 다산 선생이 유배지에서 맞은 동짓날, 자신이 묵던 작은 방을 사의재(四宜齋)라 불렀단다. '생각을 담백하게, 외모를 장엄하게, 언어를 과묵하게, 행동을

신중하게 하겠다'는 의지였다고 하니 깊이 새겨들을 만하지 않
니. 담백한 생각에서 비롯한 신중한 행동인가 돌아봤으면 좋겠
구나.

가장 가까운 이에게
사랑받고자
노력하는 사람이 되기를

●
●
●

엄마가 쓴 글, 잘 보았다. 늦잠 자는 아빠 때문에 많이 화가 났더군. 아빠가 직장 생활을 할 때는 매일 제시간에 출근하니 잘 몰랐는데, 퇴직하고 집에서 24시간 같이 생활하니 아빠의 적나라한 모습이 그대로 드러났던 것이지. 하하, 엄마는 아빠가 근 30년간 매일 아침 출근할 때마다 얼마나 일어나기 힘들었는지 잘 모를 거다.

아빠는 오전 10시쯤 느지막이 일어나 하루를 느긋하게 시작하면, 저녁 해 질 무렵 기분이 좋아져 밤늦게 정신이 똘망똘망해진다. 지금도 하루 중에 저녁 해 질 무렵이 가장 좋단다. 그래서 출근하는 30년 내내 '출근 시간과 근무 시간을 자율적으로 정하면 얼마나 좋을까?' 생각하곤 했다. 아빠의 이런 생활 리듬은 선천적인 것과 후천적인 것이 섞여서 만들어지지 않았을까.

엄마에게는 아빠의 늦잠이 군대에서 시작되었다고 했지만 그건 군대 얘기가 잘 먹혀서 그랬던 거고, 사실은 아빠의 아빠, 그러니까 너희 할아버지 때문이란다. 할아버지는 '딴따라'셨다. 1960년대에는 아무리 훌륭한 연주가라도 딴따라 소리를 들었지. 너희 할아버지는 피아니스트이자 드러머셨으며, 나중에는 작곡까지 하셨다. 할아버지는 미8군 관련 클럽이나 춤을 추는 카바레 등에서 주로 밤에 일을 하셨다. 당시 프로 음악 연주가의 일이란 대부분 여흥을 즐기는 대중들이 찾는 밤의 일이었다. 할아버지는 번듯한 철도 공무원이었지만 어떤 이유로 쫓겨나셨다. 여기에는 한국 근현대사의 슬픈 면면이 함께한다. 그렇게 너의 할아버지는 딴따라가 되어, 밤새 일을 하시다 새벽에 퇴근하시어 오전 내내 주무시다가 다시 저녁 무렵에 출근하셨다. 온 가족도 할아버지의 생활 리듬에 맞추어 오래도록 적응하며 살았다. 아빠의 생활 리듬도 아마 그때 맞추어진 것이 아닌가 생각한다.

늦잠이라는 '사소한' 습관은 결코 사소하지 않은 이유로 만들어지는 모양이다. 할아버지는 구한말, 전라도 금성군에서 태어났다. 할아버지의 아버지(너의 증조할아버지이며, 아빠의 할아버지)는 지역에서 소문난 선비였고, 그렇게 일제로부터의 해방을 준비하던 건국준비위원회의 지역구 위원장이 되셨다. 그런데 '해방군'이라 여겨지던 미군은 건국준비위원회를 부정했고, 전국에 있는 건국준비위원회 사람들은 정치범으로 교도소에 갇히는 신세가 되었다. 아빠의 할아버지도 그때 검거되어 전라도 광주교도소에 투옥되었다. 아무런 잘못도 없으니 별 탈 없이 곧 나오리라 여겨지던 아빠의 할아버지는 그렇게 가족과 다시는 만나지 못했다. 당시 광주교도소에서 근무하였던, 아빠의 할아버지와 동향인 교도관의 전언에 의하면 1950년 6월 25일 한국전쟁이 발발한 직후 7월 어느 날, 아빠의 할아버지는 재판 과정도 없이 총살되어 광주 무등산 언덕 어디쯤엔가 매장되었다 한다. 아직도 유골을 찾지 못하여 무덤도 없다.

철도공무원이었던 아빠의 아버지는 직장에서 쫓겨났다. 공주처럼 곱던 아빠의 할머니는 남편이 죽고 자식들이 모두 뿔뿔이 흩어지자 고향인 전북 순창 친정집과 당신의 큰아들(아빠의 아버지) 집인 서울, 수원을 오가며 힘겹게 살다가 돌아가셨다. 수원역 앞 광장에서 냉차를 파시던 할머니의 바퀴 달린 하꼬방 매점이 눈에 선하다. 1970년대 초반쯤인가 아빠가 중학교 다닐 때 너희 삼촌과 함께 번갈아가며 그 하꼬방 매점에 가서 할머니를 도와드렸던 기억이 생생하다.

너의 할아버지는 다시 번듯한 직장을 잡을 수 없었다. 내가 태어나서 기억할 수 있었던 때부터 우리 집에는 주기적으로 관할 정보과 형사가 드나들었다. 그것은 1980년대 전두환 정권 때까지 계속되었다. 네 할아버지는 궁여지책으로 밤 음악을 했다. 자의로 시작한 게 아니었지만서도 할아버지는 즐겁게 사셨다. 할아버지는 작편

곡까지 하며 노래하는 제자들을 가르쳤어. 내가 어렸을 때 노래를 배우는 가수가 우리 집에 수시로 드나들며 아버지의 피아노나 기타 반주에 맞추어 노래를 불렀다.

할아버지는 누구보다 즐겁게 사셨다. 그래서 그런지 아빠에게도 꼭 그렇게 살라고 하셨다. 약주 한 잔 걸치실 적이면 날 붙잡고 한참이나 말씀하셨어. "결국 사람은 하고 싶은 일을 찾아 하게 되어 있다"라며, 그게 비록 한 사람이 어떻게 할 수 없을 정도의 긴 역사로 인해 강요받은 것이라고 하더라도 호탕하게 웃으며 제 길을 찾아가면 된다고 하셨지. 아빠의 늦잠으로 시작한 말이지만, 할아버지도 너의 도전을 응원하셨을 거다. 할아버지가 겪었을 고초를 생각해보면, 변호사 시험 떨어진 것 정도는 정말 웃어넘길 일 아니냐. 무엇이든 하기 좋은 때다. 두려워하지 말고 하고 싶은 걸 잘 해내는 사람이 되길 바란다. 그리고 무엇보다, 가장 가까운 사람에게 사랑받기 위해 노력하는 사람이 되길! 아빠도 그래서 이제 일찍 일어나보려 한다. 시늉이라도 해봐야지.

한발 물러나도 많은 걸 배울 수 있는
시골은 어떨까요

중학교 가기 전 2월쯤이었나요. 학원에 가기 싫은데 어머니는
가야 한다며 성화셨습니다. 그래서 방문을 잠그고 나가지 않았
죠. "정 그렇다면 오늘은 쉬고, 내일부터는 열심히 가자"라는 말
에도 꿈쩍하지 않았습니다. 그 학원에 다시는 가고 싶지 않았으
니까요. 평촌에 있는 유명 학원이었습니다. 입학시험도 치르고
반 배정을 받은 뒤에나 들어가 공부할 수 있는 곳이었죠. 저는
봄방학에야 시작했지만, 학원 아이들은 이미 겨울방학 때부터
함께 공부하고 있었습니다. 새로운 아이가 오면 호구조사가 시
작되죠. "그 동네 못사는 데일 텐데. 너네 학교 똥통 아니야?"

학원 공부는 아침부터 늦은 저녁까지 이어졌어요. 구멍 뚫어놓은 팝송 가사집을 전부 채워야만 갈 수 있었죠. 아직도 그 노래가 생생합니다. 백스트리트 보이즈(Backstreet Boys)의 〈애즈 롱 애즈 유 러브 미(As long as you love me)〉. 커닝은 금지되었지만, 다른 친구들은 저들끼리 삼삼오오 모여 집단지성을 발휘했습니다. 새로 온 저는 알량한 자존심으로 보여달라고 말도 못 꺼냈어요.

하루 이틀 그렇게 하면 나아질 줄 알았는데, 열흘이 가도 나머지 공부를 해야 했어요. 창피했습니다. 그렇게 '새로 온 아이'는 점점 공부 못하는 아이가 되었어요. 하루 종일 누구와도 이야기하지 않고, 모르는 게 있어도 주변 눈치를 보느라 선생님한테 물을 수도 없었습니다. 제가 어떤 상황인지 엄마한테 말하기 어려웠죠. 그래서 방문을 걸어 잠갔습니다. 어머니, 이게 도시에서의 육아이고 교육입니다.

제가 경험한 '교육'은 로스쿨까지 이어집니다. 성적에 대한 압박과 평균에 대한 집착에서 비롯하는 스트레스는 받아들이는 사람에 따라서 그 정도가 사뭇 다르죠. 그건 공부를 잘하건 못하건 가리지 않고 존재하는 스트레스입니다. 로스쿨에 다니는 사람이라면 성인이고, 어느 정도 가치관을 정립한 독립체라 할 수 있으니 의젓하게 대처하리라 생각됩니다만, 이제 막 중학생이 된 아이라면 어떨까요. 어머니께서 시골은 또래 공동체가 없다시피 하다고 말씀하셨지만, 도시에서 건강한 공동체 생활을 겪으리란 믿음이 제게는 너무 부족한 모양입니다.

시골에서의 삶은 불편하고 효율적이지 못합니다. 보통 사람들은 도시에 모여 살죠. 그렇기에 아이를 기른다면 꼭 시골이면 좋겠어요. 평균과 같은 통계수치에 무디고, 보통 사람과 다르고, 눈에 보이는 성과를 내지 않아도 괜찮다는 것을 제 삶으로 보여주고 싶습니다. 아쉽게도 저는 마음 한편에 능력주의가 뿌리내렸나 봅니다. 처음엔 변호사가 되어야만 시골에 갈 수 있다고 여겼습니다. 스스로 귀하게 생각하는 것보다 남들 보기에 성공한 삶이라는 표지를 가져가고 싶었습니다. 그러다 보니 결혼도, 귀농도, 아이도 늦어졌네요. 제 아이는 저보다 더 자유롭고, 더 용감한 사람이면 좋겠습니다.

〈세상에 나쁜 개는 없다〉에서 강형욱 훈련사가 도시는 개가 살기에 적합한 장소가 아니라고 했다죠. 짖는 게 천성인 개들에게 아파트 생활은 어렵습니다. 신나서 방방 뛰는 것도 혼날 일이죠. 아내가 기르던 치와와 '뀨'와 함께 살아보니 그 말이 정말 살에 와닿습니다. 아이는 어떻습니까. 사람은 태어나서 12개월까지 말이 아닌 다른 방식으로 자기를 표현합니다. 울어젖히고 소리 지르는 것이 당연한 거죠. 엄마와 아빠를 말로 구분하는 것도 쉽지 않을 때에 '망치발'로 쿵쿵 뛰면 안 된다는 걸 가르치기란 조기교육만큼 어려운 일입니다. 사람들이 바짝 붙어 사는 도시에서 자라는 동안 아이는 공동생활 예절을 몸에 익히게 되겠죠. 그 외에도 부모가 알아채기 전에 아이가 익히게 될 것들이 참 많습니다.

아내는 자신을 감추는 법이 몸에 익었답니다. 보통 사람들은 무얼 입고, 보통 어디서 살고, 보통 무슨 일을 한다는 말에 그렇게 마음이 쓰인다 해요. 무엇이 '보통'이고 어떻게 보통의 기준을 만족시킬 수 있는지 모르겠으니, 본인이 무얼 좋아하는지보다 주변에서 어떻게 생각하는지에 마음이 쓰일 수밖에 없다 합니다. 자꾸 그런 생각이 행동을 주저하게 만든다나요.

아이가 생긴다면 저는 보통이나 평균에 마음 쓰지 않고 살게 해주고 싶습니다. 집에서만큼은 마음껏 소리 지르며 뛰어다녀도 괜찮은 곳에서 살고 싶습니다. 또 '몸도 마음도 건강하게만 자라다오'라는 초심이 주변에서 비롯하는 압박감으로 흔들리지 않았으면 합니다. 먼저 부모가 된 친구들과 이야기를 나눠보면, 아이를 낳기 전에는 늘 공부는 중요하지 않다고 생각했었는데 막상 아이를 기르다 보면 전과는 달라진다 해요. 저라고 안 그럴까요. 그래서 얼른 시골에서 살고 싶습니다.

맹자의 어머님은 맹자가 보고 배울 것을 생각하여 세 번이나 거처를 옮기셨다죠. 쟁취에 익숙해져야 하는 도시보다 한 발 물러나서도 많은 걸 배울 수 있는 시골은 어떨까요. 지금은 방구석에서 전 세계를 보고 배울 수 있는 때입니다. 배우고자 한다면 무엇이든 배울 수 있으나, 가장 가까이 있는 부모가 본이 되어야 하겠지요. 주변에 변변한 학원 하나 없더라도, 제가 본이 되려 합니다. 어머니, 이 정도면 담백한 생각에서 출발한 진중한 행동이라 할 만하지 않습니까?

딱 한 곳이라도
믿을 만한 병원이 있으면 다행이지

내가 모르는 나의 모습을 보았다. 너희 결혼 앨범이 나왔다며
들고 왔을 때, 올림머리를 한 사진 속 내 뒷모습을. 흰머리가 제
법 많이 보여 그날 두어 명에게 벌써 노부인이 다 됐다는 얘기
를 들었던 것이 퍼뜩 떠올랐다. 문득 자신조차 모르는 다른 모
습을 지닌 채 살아가는구나 생각이 들었다.

칼럼 연재 뒤 아들이 멋지다는 전화를 연이어 받았다. 멋
있는 건 분명 맞는데, 흔쾌하지 못하게 엉거주춤 얼버무리고 화
제를 돌렸단다. 전화한 지인은 진심이었을 게다. 엄마도 남의
아들이었으면 멋있다고 전화해주었을까 생각이 많아졌다. 그러

다 '학원에 안 가겠다던 속사정을 헤아리지 않고 등 떠밀던 그 모습 그대로 오늘까지 살고 있구나'하고 스스로를 돌아보았다. 그나마 이제라도 속내를 들을 기회가 있다는 게 고맙구나. 너에게는 사람을 설득하는 신묘한 능력이 있다는 것도 새삼 깨닫고 있는 요즘이다.

"선배님~ 청주 다녀오느라 늦었어요!" 요 며칠 전 모임에 늦게 온 후배의 말이다. 아이의 치아 치료를 위해 청주에 있는 치과로 다닌다고 했다. 읍내에도 치과는 많이 있건만 청주까지 병원을 다니고 있단다. 치과만이 아니야. 우연히 만난 지인의 얼굴에 붉은 반점이 퍼져 있었어. 치료를 위해 청주 피부과로 다닌다고 했다. 주변에서 쉽게 볼 수 있는 사례란다. 병은 나이 든 사람과 젊은 사람을 구별하지 않지. 평생 밭일을 하면서 무릎 연골이 다 닳아 인공 관절 수술을 해야 했던 할머니도 청주로 나가서 수술을 받으셨다.

동네 형님은 배추 모종을 하고 나서 앓아 누우셨어. 지독한 감기 몸살인 줄 알고 병원에 입원했던 형님은 특별히 다른 치료가 없어서 '피 주사(자신의 피를 뽑아 특정 성분을 빼내 다시 환부에 주사하는 자가혈 주사)'를 맞고 퇴원했다. 그런데 집에 와서도 영 기운이 되살아나지 않으셨어. 다시 입원하고, 급기야는 부천 큰 병원으로 가셨다가 몸져누운 지 딱 석 달 만에 하늘의 별이 되셨단다. '감기 몸살이 잘 떨어지지 않나 보다' 하고만 있었지, 그렇게 떠나리란 생각은 전혀 하지 못했어. 귀농해 친자매처럼 지내던 사이라 충격이 얼마나 컸는지 모른다. 황당했고 도대체 어떻게 그럴 수 있는지 따져보고 싶었다. 그런데 도대체 누구에게 어떻게 따져야 하는지 모르겠어. 시골에 내려가 사니 당연히 감수해야 하는 일이 되는 걸까. 이런 주변의 사례를 보면서 마음이 아주 많이 불편했다.

지난날의 경험도 떠올랐다. 목에 가래가 낀 듯 답답하고 머리가 지끈거리는 것이 감기라고 생각되어 동네 보건지소를 찾아갔다. 보건지소는 면사무소와 인접해 있어 읍내까지 가지 않아도 되는 가까운 거리에 있다. 면사무소 바로 옆이란 건 어떤 의미가 있는 줄 알았어. '동네 어르신들, 어서 오세요' 하는 줄만 알았다. 평소에도 보건지소가 차지한 자리의 의미만큼, 더 활성화되어야 한다고 생각하던 터였다. 그렇게 당당한 시민으로 보건지소에 들어섰는데, 접수 담당이 의아한 듯 쳐다보던 눈빛이 새삼 떠오른다. 말은 하지 않았지만 '아니, 읍내로 안 가고 보건지소에는 왜 와?' 하는 마음의 소리가 들렸다. 대기 인원이 한 사람도 없었지만 의사를 만나기까지 한참을 기다려야 했다.

의사는 진료실에 있지 않고 다른 방에 있는 듯했다. 드디어 진료. 감기 기운을 이야기하면서, 귀가 먹먹한 것을 한번 봐줄 수 있는지 물어보았다. 의사는 기구가 고장 났단다. 진료가 끝나고 약을 조제받으며 보건지소의 마음의 소리는 여실히 드러났다. "이거 드시고 증상이 계속되면 읍내 병원으로 가세요." 그러고 보니 진료를 보던 보건의도 '다음에는 읍내 병원으로 가보라'는 말을 친절하게 덧붙였던 터다. 보건지소에는 혈압 약을 타는 할머니들만 가야 하는 걸까? 그 할머니들은 보건지소에서 어떤 진료를 받으시는 걸까? 다시 동네 형님의 사근사근하던 목소리가 떠올랐다.

병은 사람을 가리지 않지만, 병원은 사람이 많은 곳에서만 존재할 수 있나 보다. 귀농·귀촌한 사람들에게 절실한 문제 중 하나가 의료시설의 부재다. 도시에 10개의 병원이 있을 때, 시골에는 1.5개의 병원이 있다. 병원에 포함되지 않는 보건 인력도 마찬가지야. 대도시에 10명이 보건의료를 위해 있다면, 괴산과 같은 '군'에는 1명 있다. 공공의료의 문제는 국가적 차원의 해결 과제라고 치부할지도 모른다.

그러나 시골에 사는 어르신들은 그런 어려운 문제가 해결되길 기다릴 수 없단다. 엄마 아빠는 도시에서 어떤 의료서비스

68

를 받는지 잘 알고 있지. 그래서 정밀한 진찰을 받아야겠다 싶으면 도시로 간다. 가면서도 생각해. 점점 나이가 들어서 움직이기 불편해지면 어쩌나. 가까이에도 믿을 만한 큰 종합병원이 생기면 좋겠다. 아니, 기대할 걸 기대해야겠지? 병원을 바라기보다, 나라에서 공공의료원을 지어야만 이런 갈증이 해소될 것 같다. 지어서 끝날 일도 아니야. 아주 잘 운영되도록 가꿔줘야 하겠다. 너무 큰 바람이겠지.

도시와 농촌 지역의 응급의료 편차가 크게 벌어져 대응책을 마련해야 한다는 연구는 많다. 괴산은 응급의료취약 2등급으로 분류되었다. 학교에서 '의료'는 지역과 계층에 관계없이 누구나 보편적으로 누려야 하는 권리라고 가르치고 있을 테지. 그런데 시골 사람의 '의료'란 그저 혈압 약을 타 먹을 권리뿐이 안 되는 걸까.

너는 아플 날을 상상하기 어려운 나이라도, 사람 일이 마음 같지 않다는 건 잘 알고 있겠지. 그리고 사람이라면 누구나 나이를 먹는다. 무릇 육아라는 게 부모의 확고한 교육관이 중요하다만, 소아과 하나 없는 시골을 생각하면 과연 아이를 키우기 좋은 환경인지 의문이 간다. 교육관과는 전혀 별개의 이유로 말이다. 네가 마주해야 할 의료 현실이 이렇단다. 시골에서는 제대로 치료받기가 어려워. 네가 살고 있는 곳은 신도시로 계획되어 도로와 기반시설을 갖춘 후의 아파트로 입주했었지. 한 블럭마다 치과, 내과, 이비인후과, 안과, 외과, 정형외과, 별게 다 있어서 목 뒤쪽이 아프면 어느 과에 가야 하는지 찾아보잖아. 시골은 그렇지 못해. 딱 한 곳이라도 믿을 만한 병원이 있으면 다행이지.

여기 시골, 동네 모든 길은 이웃하고 있는, 길을 사용하고 있는 개개인의 땅을 도로로 사용해도 좋다는 승낙서에 의해 만들어져 있단다. 시골길이 구불구불 포장하기도 어렵고, 모양도 제멋대로인 건 그런 이유다. 그러니까 도시에 살면서 정부가 만들어준 도로를 사용하는 도시인들은 그 혜택을 받고 있다는 거야. 그만큼의 차이는 아주 크다고 생각해. 시골에서는 그렇게 자신의 땅을 내놓으면서 농사지으며 살고 있지만 소득은 어떻고, 아프면 또 어떻게 되는 거니. 시골에 살다 보면 겪게 되는 어려움이 정말 많다.

도시 사람들은
앓을 자유가 없어요

'멋진 아들'이란 칭찬에도 기뻐하시지 못하는 어머니 마음 잘 알고 있습니다. 아버지는 느긋하고 호쾌하시죠. 고로 어머니는 부지런함, 꼼꼼함을 맡으셨습니다. 호랑이 엄마였어요. 그럼에도 등짝 한 번 후린 적 없죠. 아들이 잘못을 할 때면 엄마는 하루 종일 아무 말이 없으셨습니다. 그러다 자기 전 엄마 방에 가 울며 '다신 그러지 않겠다'고 할 때서야 안아주시면서 왜 그랬는지 물으셨죠. 잘못의 정도가 클 때면 어머니가 회초리를 들고 제게 물으셨어요. 몇 대 맞을 만큼 잘못했냐고요. 울면서 "한 대"라고 대답하면 어머니께서는 빵 터지셔서 한 대도 때리지 않으셨습니다. '천덕꾸리기 아들놈이 도대체 들어 먹지 않는구나' 싶으셨겠지만 아들은 어머니 말씀, 한 마디 한 마디 모두 가슴에 새기고 있습니다.

어머니께 학원에 관한 이야기 하나 더 꺼내고자 합니다. 저는 대체로 학원에 가기 싫어하는 아이였습니다. 보습학원에 가기 전에는 늘 머리가 아팠습니다. 머리가 아파 학원을 쉬겠다고 하는 날이 군말 없이 간 날보다 많았죠. 그런데 안 가도 된다는 허락이 떨어지면 머리는 씻은 듯 나았습니다. 한두 번이 아닌지라 어머니는 꾀병을 의심하셨죠. 꾀병이 아닙니다. 이런 두통은 대학교 다닐 때도, 로스쿨에서도 마찬가지였으니까요. 오랫동안 학교에서 공부를 하다 보면 머리가 아파졌죠. 8시간 넘게 공부를 하는 날이면 꼭 아팠어요. 공부 시간을 더 늘려보겠다고 아파도 참고 매달린 날도 많습니다. 그런 날이면 밤늦게까지 헛구역질이 났어요. 어떻게 하면 두통이 가시는지 매일같이 아파본 사람은 압니다. 학원에 가지 않거나 공부를 하지 않으면 아프지 않아요. 그런데 로스쿨 학생이 머리가 아프니 공부를 하지 않겠다는 게 가당키나 합니까. 두통약을 먹고도 통증 때문에 도저히 집중하지 못할 때까지 하기 마련이죠. 두통약과 등산용 머플러는 제 생활필수품이었습니다. 호랑이 기름을 어디에 바

72

르면 두통이 견딜 만해지는지, 어디를 지압하는 게 좋은지, 어디에 뜸을 떠야 하는지 절로 익혔어요. 만성 두통과 함께 공부하다 보면 알게 되는 생존법입니다. 로스쿨에서 저와 비슷한 사람을 많이 만났어요. 공부를 하다 보면 늘 아픈 사람들. 이런 사람들과 모여 있을 때면 어디 병원이 친절하고, 어떤 두통 약 성분이 어떤 때 좋고, '링게루'는 언제쯤 맞아야 하는지 따위 정보들을 주고받았습니다. 그런 사람들 사이에서 통하는 말이 있어요. "합격만 하면 암도 낫는다." 어느 유명 강사가 해준 말이라던데, 합격 전까지 균형 같은 소리일랑 집어치우라는 뜻이니 참 잔인한 말 아닙니까.

어머니께서 시골 사람들이 적절히 치료받을 권리가 지켜지고 있지 않다 말씀하셨죠. 도시 사람들은 적절히 앓을 자유가 없다고 생각됩니다. 아프면 약 먹고 잘 쉬어야 하는 거죠? 그렇지만 도시에 사는 사람 중에 몇이나 아프면 쉴 수 있나요. 병원을 찾더라도 빨리 업무에 복귀할 마음으로 주사 맞고, 강한 약 처방을 바라게 되지는 않을까요. 병을 키우는 건 이 도시라는 곳의 분위기입니다. 아이들에게 '아프면 약 먹고 푹 쉬어라, 우리는 느리게 걷자' 하는 어른들이 몇이나 있습니까. 마음은 그렇지 않을 텐데, 출근길이면 다들 사나워지는 이유는 무엇일까요.

온 나라의 먹거리를 만드는 시골에서 생산량과 상품성에 초점을 맞추면 화학비료에 바탕을 둔 채소가 밥상에 오릅니다. 어머니께서 그러셨죠. 옛날 시금치 한 단의 영양분을 먹으려면 요새 시금치 열일곱 단을 먹어야 한다고요. 그래서 저는 지금 각종 영양제를 챙겨 먹어요. 그런데 친구 하나는 영양제를 믿지 않습니다. 워낙 튼튼하고 몸집이 좋은데, 취직하기 전까지는 운동도 정말 열심히 했습니다. 들소 같은 친구였어요. 그런데 일을 구하고 나서는 좀처럼 운동하기 어렵다 합니다. 집에 와 저녁을 먹은 뒤에는 피곤이 몰려오니, 회사에 가지 않게 되면 그때부터 하겠대요. 철저히 식습관을 지키던 친구는 이제 술고래가 되었습니다. 성공한 영업사원이 된 친구가 장하지만, 약육강식으로 줄여 말할 만한 도시에서 살다 보면 결핍과 과잉의 반복을 피하기 어려워 보여요. 그렇게 친구는 점점 머리숱을 잃어가고 있습니다. 그래도 머리숱만 잃는 거면 참 다행이지요.

아내는 월요일 아침이면 배가 아프다 합니다. 밖에서 화장실 가는 걸 부끄러워하는 아내는 일요일 저녁부터 수험생처럼 식단을 관리해요. 그런데 출근할 때면 배가 아프고, 퇴근할 때가 돼서야 배가 나아진답니다. 귀여운 꾀병 정도면 토닥토닥 넘길 수 있어요. 그렇지만 건강염려증이 있는 이 사람은 늘 전과 다른 고통을 이야기합니다. 구체적이에요. 오른쪽 위 옆구리가 아프답니다. 이곳에 무엇이 있는지 찾아본 후 '췌장염 아니냐'며 사람 걱정시키고는 '퇴근하니 다 나았다' 합니다. 혹 이렇게 병을 키우는 건 아닐까요. 언제까지 회사에 다녀야 할까. '당연히' 가야 하는 회사에 가지 않을 방법은 없을까. 진정 건물주가 되지 않고서는 안 될 일일까. 그렇게 찾은 '우리'의 답이 시골입니다. 농사 말씀만 들어도 벌써 어렵습니다. 이름 없는 풀들이 목숨 걸고 싸움을 거는데 속 시원히 이길 방법이란 없겠죠. 시골에서는 도시와는 다른 수준의 치료를 받을 수밖에 없다는 현실도 알겠습니다. 그렇지만 모든 병의 뿌리라는 스트레스의 수준도 다르단 사실 역시 분명하지요.

'헬조선'이라는 말 들어보셨죠. 헬(Hell). 어떻게 살아도 지옥 같은 상황뿐이니, 바로 이곳이 지옥이 아닌가 하는 자조적 웃음이 섞인 말입니다. 사실 조선 반도뿐만 아니라 어딜 가나 마찬가지죠. 미국, 영국, 일본, 중국… 어느 나라든 사람 박작거리는 도시치고 살기 좋은 천국 같은 곳이 있나요. 그런데 '헬조선'이라는 거, 그건 도시만의 이야기 아닐까요. 스트레스 넘치는 도시의 실험적 대안으로서 귀농은 어떻습니까. 그냥 굿 플레이스(Good place, 천국)도 배드 플레이스(Bad place, 지옥)도 아닌,

미디엄 플레이스(Medium place, 그저 그런 곳) 정도를 기대하는 것도 너무 큰 바람일까요. 혹시 압니까, 사람에 따라서 그곳이 천국과 같은 곳일지.

팔 걱정 없이
농사만 잘 지어도 된다면

군청에서 통계조사 차 나왔노라며 몇 가지 물어보고 갔다. 매출
은 얼마인지, 고정비용은 어떻게 되는지, 홍보는 하고 있는지
따위를 대답하는 중에도 생각하고, 조사원이 돌아가고 나서도
한참을 생각했다. 그래, 그렇게 살아왔구나.

신문에 보도된 농가소득 통계를 보고는 헛웃음이 나왔다.
10년 동안 내린 뿌리로는 아직도 부족하다는 허탈함이 가슴을
먹먹하게 만든다. 밥상물가는 올랐다는데 농민들의 볼멘소리
는 여전하다는구나. '볼멘소리'라니. 다 죽어가는 사람 입에서
나오는 신음 소리를 그냥 볼멘 사람의 투덜거림쯤으로 아나.

그런데 농림축산식품부조차도 소비자물가 안정을 우선적으로 걱정하는 모양새가 마뜩지 않다. 농민들의 생산원가 걱정은 오롯이 농민들 몫이라는 생각이 든다. 언제까지 농민들은 원가도 건지지 못하면서 농사를 지어야 하는지 묻고 싶은데, 어디에서부터 어떻게 물어야 하는지도 모르겠다. 나이가 들어서 그런 걸까. 묻고 싶은 것도 따져보고 싶은 것도 많아졌구나.

뭐든지 큰 덩어리를 먼저 다루게 되는 게 인지상정이지만서도, 농업정책이라는 것이 모두 '대농'을 위주로 시행되고 있으니 그 상대적 박탈감 또한 만만찮단다. 요즘 지자체마다 농촌 일손 돕기를 시행하고 있다. 그런데 이런 '돕기'에서도 작은 농가는 소외감을 심하게 느껴. 농사 규모가 작으니 일손 도움을 요청하기가 왠지 부끄럽고, 설사 요청해도 일손 연결은 하늘의 별 따기다. 귀농지원이니 농민기본소득이니 소리는 요란하다만 실상을 들여다보면 숫자에 집착하거나 생색내기 위주로 돌아가는 일이 허다해. 똑같은 농사를 짓고 있더라도 규모가 작다는 이유로 지원정책에서 밀려나는 것도 일상이구나. 땅을 이만큼 뚝 떼줄 만한 상황이라면 모를까, 아들이 귀농하겠다는 걸 말리지 않을 농부는 없을 거야.

아로니아 매출이 곤두박질치며 올해 밭농사를 새롭게 시

작했다. 묵혀 있는 경작지를 잡고 밭을 갈았다. 넉넉히 퇴비를 뿌리고 이랑을 만들었지. 씨감자를 구해서 심고 옥수수와 고추도 심었어. 그런데 고라니가 들어 심어놓은 고추 모종 순을 죄다 먹는 것도 모자라 뿌리까지 몽땅 뽑아놓았단다. 고추 모종을 다시 심어야 했고, 고라니 망도 두 번에 걸쳐 단단히 설치했다. 이제 감자 수확을 앞두고는 이걸 또 어떻게 팔아야 하는지 걱정이 앞선다. 팔기 위해서 비료로 키워낸 농작물이 옛날에 먹던 맛이 아니란 것은 이제 새롭지 않은 일상이 되지 않았니. 그런데도 판매를 앞두고는 유기농업을 고집하는 것이 무색하기 짝이 없구나. 밭고랑만큼 긴 하루를 풀하고 씨름하면서, "풀은 못이겨"라는 동네 할머니 얘기를 웃음으로 날린다. 팔아야 하는 걱정 없이 농사만 잘 지어도 된다면 네가 시골로 온다는 일을 이렇게 절절히 말리지 않아도 될 건데 말이다. 귀농해서 농사짓던 젊은 친구가 7년 동안의 농사를 접고 다시 직장을 구했다는 가슴 아픈 소식은 남의 일이 아니다.

소농을 위한 대안으로 요즘 흔히 말하는 사회적 경제를 위해 괴산에서 농사짓는 농가들과 함께 사회적 협동조합을 만들고, 서너 단체가 합심하여 괴산 지역에 로컬 매장을 만들어냈다. 여러 가지 걸림돌이 있었지만 난관을 이겨내고 오픈했다는 것만으로 손뼉을 치며 뿌듯해했단다. 상추도 뜯어다 내고, 씨앗 뿌려 키운 적겨자채와 루콜라도 내어놓았다. 돌미나리와 머윗대도 끊어다 내고, 한창 나오기 시작하던 깻잎도 포장하며, 조금씩 새로운 기대가 생겼다. 소소한 즐거움이었어. 그러나 기대는 두 달을 채 넘기지 못했다. 상추는 너도나도 안 내는 농가가 없으니 가격이 형편없고, 엽채류의 특성상 판매 기간이 짧아 물건을 내놓기 무섭게 회수하기에 바빴다. 거기에 수수료를 떼고 나면 손에 쥐는 건 쥐꼬리 정도였다. 실망이 커졌지. 괴산군민 수가 적기도 하지만, 홍보도 덜 되어서 아직까지 방문객 수도 보잘 것 없다. 그래도 여전히 희망의 건덕지는 로컬 매장에 있다고 믿는단다. 계약재배를 못 했거나 농사를 지었지만 판매할 곳이 없는 소농들의 비빌 언덕이 되었으면 하는 바람이다. 의지를 가지고 적극적으로 키워야 한다고 생각해. 크고 튼튼한 농가들은 이미 잘 하고 있으니까, 작고 여리여리한 농가들을 키워주면 어떨까. 괴산군이 이 바람을 잘 들었으면 하는 간절한 마음이야.

마음의 병이 스트레스가 되고, 스트레스가 다시 큰 병이 된다는 것을 익히 잘 알고 있지. 직장 생활을 하면서 스트레스가 심했던 네 아빠가 급성 심근경색으로 쓰러졌던 거 아니니.

실려 간 날, 생일 축하한다고 동료들이 마련해준 자리에서 떡 하나 집어 먹은 게 체한 줄 알았대. 그렇게 명치끝에 오는 통증이 극심했단다. 마침 엄마가 외출 중이어서 집에 와보니 눕지도 못하고 가슴을 부여잡고 있더구나. 응급실로 들어가자마자 꽂은 심전도 측정기에서 삐 하는 소리와 함께 심혈관의 맥박을 가리키는 선이 파동 없이 직선으로 나타나고 있었어. 눈앞이 캄캄했다. 당장 큰 병원으로 가라는 말에 심장이 내려앉았지. 구급차를 타고 동네에서 대학병원까지 어떻게 갔는지도 몰라. 심폐소생술을 의사 두 명이 번갈아 하더구나. 그 순간의 아득함이라니, 천길 낭떠러지가 따로 없었다. 그 자리가 절벽 끝이었고 숨 쉬기조차 어려웠다. 그런데 어떻게 그런 위기를 살아냈구나. 그래서 직장 생활의 스트레스가 가볍지 않음을 아주 잘 안다.

슬슬 말리지 못하는 지경에 이르렀다는 생각이 드는구나. 그럼에도 직장 생활과 달리 제대로 보장되는 게 없는 농촌의 현실이 결코 녹록지 않다는 것을 말해야 하는 오늘, 하루가 길다.

어머니가 애써 기르신 감자와 옥수수,
제가 팔아드리겠습니다

우체국을 다녀오는 길에 요란한 소나기를 만났어요. 지하철역 앞에서 할머님 한 분이 제 우산 속으로 쏙 들어오셨습니다. 시장에 다녀오시는데 우산이 없으시다고요. 그렇게 반강제로 잠시나마 1동 사시는 할머님과 이야기를 나누게 되었습니다. '결혼했냐', '아이는 있냐'는 질문까지는 자연스럽게 잘 넘어갔는데 '무슨 일 하냐'는 질문에서 애를 먹었습니다. 시골에 가 살려고 준비 중이라 말씀드렸더니 벌컥 성을 내셨어요. 요새 도시 사람들은 시골만 가면 뭐 다 해결되는 줄 아는 모양이라고, 색시 고생시키지 말라며 본인 고생하신 이야기를 한참 말씀하셨습니다. 깊은 대화를 나누고 싶었지만 이내 집 앞에 이르렀기에 우산 속 대화는 그렇게 마무리되었어요.

꽃길을 기대하지 않습니다. 멀리서 보기에 아주 예쁜 꽃길이라도 걷는 사람에겐 가시밭길일 수 있습니다. 시골살이는 멀리서 보기에도 고되어 보여요. 말씀하신대로 농사지어 돈을 벌기란 어렵습니다. 또 병원, 학교, 학원, 영화관, 햄버거점조차도 제대로 찾기 어렵죠. 도시의 언어로 시골을 표현하자면 '개발제한구역'입니다. 농촌의 경제적 가치가 연간 82조 원이니, 관광자원이니 하는 소리는 도시가 시골을 어떻게 생각하는지 나타낼 뿐이에요. 농촌의 가치가 82조 원이면, 도시의 가치는 8200조 원쯤 되겠죠. 가격표로 얘기하지 않고 시골을 이야기할 수는 없을까요. 시골의 언어로 시골을 말할 수 있는 사람이라면 좋겠는데, 이제 막 귀농을 다짐하는 입장에서 쉬운 일이 아니네요. 어머니께서 시골을 잘 말해주면 좋겠는데! 제가 평생 살아온 곳이 도시인지라, 제가 겪은 도시 이야기를 먼저 해볼까 합니다.

도시는 '직장'과 '효율'로 대부분 정리됩니다. 산업화 시절, 도시는 큰 '공장'과 함께 이뤄지지 않았습니까. 공장을 돌릴 노동자가 필요했고, 시골 살던 농민들을 도시로 모아야 했습니다.

물건은 최대효율을 위해 필요보다 많이 만들어졌으며, 이런 물건들은 아름다운 광고로 예쁘게 포장되어 노동자에게 팔렸습니다. 그렇게 노동자는 소비자가 됩니다. 땅이라는 생산자본에서 멀어진 노동자는 공장(지금은 회사로 불리는)이라는 직장 주위에 모여 살면서 다른 차원의 자본을 얻습니다. 직장 가까운 곳에 살기 위해 큰돈을 들여서 아파트를 샀죠. 이제 노동자는 도시를 떠날 수 없게 됩니다. 가진 돈으로는 장만하기 어려운 아파트를 사기 위해서 자본가의 손을 빌렸기 때문이죠. 이제 앞으로 20년 정도 직장을 떠날 수도 없습니다. 50년 동안 아파트 값만 올랐을 뿐, 이런 도시 이야기가 달라졌나요. 편리함과 아파트 값 오르는 재미에 떠나고 싶지 않은 사람도 많아 보입니다만, 저는 도시가 제게 뿌리내리기 전에 이곳을 벗어나고 싶습니다.

도시의 '효율'적인 삶조차 이제 의심됩니다. 서울에서 조그만 아파트 하나 사려면, 괴산에 마당 넉넉한 집을 짓고도 신형 전기차와 1톤 트럭, 3000평 농지를 살 만한 돈이 필요해요. 아파트 값이 올라도 마찬가지입니다. 용케 집을 사서 값이 크게 올라도 이 집이 오르면 저 집도 오르죠. 결국 한적한 곳으로 옮기지 않는 이상, 전세살이하며 떠돌아다녀야 하지 않겠습니까. 고로 저는 도시에서 아파트를 살 마음이 없어요. 직장만 해도 그렇습니다. 인간계에 큰 역병이 돌아 재택근무가 어디까지 가능한지 피부로 느꼈습니다. 재택근무는 인터넷만 되면 가능하잖습니까. 시골에서도 인터넷은 되는데, 일을 해도 시골집에서 재택근무를 하면 어떨까요. 농사도 짓고, 프리랜서도 하고 말이죠. 이보다 '효율'적일 수 있을까요.

제가 생각하는 시골은 '가족'이고 '건강'입니다. 마을의 시작이 가족이었다죠. 그런데 직장과 효율을 위해 가족은 흩어졌습니다. 도시에서 직장이 없는 사람은 모자란 사람 취급을 받습니다. 미래가 촉망되는 탄생과 육아, 교육은 필요 이상으로 전문가에게 맡기고, 더 기대할 것이 없는 늙음과 죽음은 싼 값에 맡겨지는 듯합니다. 아무리 가까운 가족이라도 말이죠.

크게 기대할 것이 없는, 즉 '변변한' 직장을 잡지 못할 것으로 여겨지는 아이들은 무시받고, 결국 열외됩니다. 우리 아이가 '보통'에 들지 못할까 봐, 효율적이지 못할까 봐 두려움에 떨고 싶지 않아요. 여차하면 "그래, 농사지어라, 사업해라" 할 바탕을 제가 마련해두고 싶어요. 시골에 사시는 부모님 걱정하며, 매달 보내는 용돈으로 죄스러움을 씻고 싶지 않습니다. 10년 차 소농인 어머니의 어려움이 제 어려움이죠. 멀찍이서 지켜보고만 있지 않겠습니다.

도시도 시골도 힘들기는 마찬가지입니다. 특히 시골에서 겪는 모든 것이 생각하는 것보다 훨씬 힘들겠다 싶은 요즘이기도 합니다. 그래서 더 빨리 가고 싶다는 마음이 들기도 해요. 농가가 겪는 가장 큰 어려움이 판로 개척이 아닐까 생각합니다. 제 손으로 지은 농작물을 전부 직접 팔 수 있으면, 거기에 마을 작은 농가들의 농작물까지 팔아줄 수 있으면 얼마나 좋을까요. 부족하지만 서비스 기획자이자 카피라이터로 일했던 작은 아들입니다. 어머니의 며느리는 10년 차 현직 디자이너고, 큰딸은 일러스트레이터, 맏사위는 잘나가는 개발자입니다. 시골에서 농사만 할 수 있는 게 아니니, 가족끼리 뭉쳐서 일을 도모하면 보시기에 좋지 않을까요. 와이파이 신호 세 칸이면 어떤 일이든 벌일 수 있어요. 어머니가 애써 기르신 감자, 옥수수, 제가 팔아드리겠습니다.

수학 시험
64점 받아온 날

초등학생 때였나요, 아마 분수를 처음 배웠던 시절인가 할 겁니다. 그땐 아버지가 늘 집에 계셨습니다. 나중에 로스쿨에서 노동법을 배우면서 아버지가 부당노동행위로 인해 해고되셨다가 중앙노동위원회에서 구제받으셨단 사실을 알게 되었죠. 하필 그때가 IMF 구제금융이니 뭐니 나라가 힘들었던 무렵이었는데 어머니 아버지도 얼마나 힘드셨을까요. 그래도 저는 어린 마음에 학교 끝나고 집에 가면 아버지가 있단 사실이 좋았습니다. 아버지랑 같이 컴퓨터 게임도 하고요. 이런저런 세계 요리도 찾아 해주시고 아주 즐거웠던 시절이었습니다. 아마 그때, 아버지와 이렇게 가까워진 게 아닌가 생각해요.

그 무렵, 수학 시험을 하나 봤어요. 대단한 시험은 아니었던 줄 아는데, 그래도 나름 커닝하지 못하게 책상 사이로 가방을 올려두고 치른 시험이었죠. 분모, 분자니 통분이니 하는 것들이 좀 따분해서 열심히 하지 않았던 모양입니다. 64점을 받아갔어요. 아무리 못해도 두어 개 틀렸을 무렵인데 64점이라니. 혼나려나 생각하고 집에 갔습니다. 아버지께 64점 받은 시험지를 보여드렸죠. 아버지는 표정이 좋지 않으셨습니다. 그날 밤에 아버지가 심근경색으로 병원에 실려가셨어요. 어머니는 함께 응급차에 타셨고, 제게 누나가 곧 오니 집에 있으라고 하셨던 줄 압니다. 그렇게 혼자 집에 멍하니 남아 무슨 일이 일어난 건지 생각했어요. 별 탈 없이 돌아오시길, 그리고 내가 형편없는 점수를 받아온 게 털끝만큼도 영향을 주지 않았기를 바랐습니다.

얼마나 지났는지, 어떻게 지냈는지 기억이 나지 않

습니다. 아버지가 수술하시고, 회복하셔서 얼굴을 보러 갈 수 있었을 때에 물어봤어요. 내가 64점 받아와서 그런 거냐고. 그때 고모인지, 할머니인지, 어머니인지 기억나지 않습니다만, 깔깔 웃으시며 '그렇다'고 하셨습니다. 그러니 공부 열심히 하라구요. 글쎄요, 그 아찔했던 순간에 열 살 남짓된 머리로 받아들인 것들이 제 삶에 얼마나 영향을 주었을지는 모르겠습니다만, 누가 그렇게 말했던 건지 참으로 궁금하긴 합니다.

'만약에'라는 생각이 의미 없다고들 하는데, 저는 '만약에 그랬다면 지금 난 어떻게 됐을까?' 하고 자주 생각합니다. 만약 내가 100점 맞아왔다면, 만약 그때 그 누군가가 내가 64점 맞은 건 아무 상관없다고 해줬다면, 만약 아버지가 그렇게 떠나셨다면, 저는 지금 어떤 모습으로 살고 있을까요. 어머니 아버지가 괴산에서 건강히 농사짓고 계신 게 얼마나 감사한 일인지요. 건강하세요. 항상 운전 조심하시고요.

만약 다시
삶의 기회가 주어진다면

●
●
●

네가 초등학생 시절, 우리나라는 많은 변화를 겪었다. 아니, 돌이켜보니 네가 태어난 이래로 대한민국은 아주 격변하고 있는 것 같다. 그 변화의 시작은 더 오래 전이었지. 우리나라 군인들의 독재정권에 맞서서 싸운 1987년 6월 민주항쟁을 비롯한 민주화 과정이 바로 그 것이다. 그중에서 노동자들의 노조 설립 운동이 아빠와 관련된 것이었다. 노조 활동은 아빠가 다니는 직장, 대학에서도 나타났다. 대학 직원들이 노조를 조직하였는데, 아빠가 주도하여 전국 최초로 대학 단위 노조를 설립하고 전국 많은 대학의 노조 창립을 도와주었다. 급기야 전국 단위의 대학노조 연맹을 조직하는 데까지 나아갔다. 당연한 권리를 찾는 일이기에 기꺼이 했지. 1989년, 당시 비정규직이었던 일용직 청소노동자들을 정규화하고자 전국 대학노조에서 최초로 파업을 주도하였다. 결국 원하던 바를 이루었으나 그때부터 사용자에게 찍혀, 아빠의 직장 생활은 그닥 순탄치 못했지. 결국 소위 말해지던 '부당노동행위 해고'를 당했고 이에 맞서 출근 투쟁하는 첫날 심근경색이 와서 병원에 입원하게 되었던 것이니, 너의 수학 시험 성적과는 아무 관련이 없었던 것이다. 그렇게 말했던 건 아마도 할머니가 아니었을까 싶다. 언제나 네가 얼마나 똑똑한 아이인지 확인하고 싶어 하셨으니 말이다.

병원에서 심장 수술이라는 큰 수술을 받고 가까스로 다시 건강을 되찾았다. 그러나 엄마와 아빠는 많이 놀랐고, 이를 계기로 인생을 다시 돌아보게 되었지. 수술대 위에서 마취되기 전에 했던 기도가 아직 생생하다. 만약 다시 삶의 기회가 주어진다면, 정말 매일을 보람차게 살겠다고 했었지. 죽음 앞에서 살아 있다는 것이 얼마나 감사한 일인지, 매일의 일상이라는 것이 얼마나 소중한지 깨달았다. 많은 우여곡절 끝에 원직 복직되어 일상으로 돌아왔지만, 이제 그 일상을 그냥 흘려보낼 수 없었어. 매일같이 즐겁게 살기로 했다. 정말 하고 싶은 것들만 남기기로 했지. 아빠에게는 색소폰과 가족, 여행, 귀농이 남았다.

복직하고도 십여 년간 더 일한 뒤, 엄마와 함께 의논하여 명예롭게 퇴직하였다. 그러고 나서 배낭여행을 떠났어. 인천에서 배 타고 중국으로 건너가 기차를 타고 횡단하여 티베트를 거쳐, 네팔, 인도, 파키스탄, 이란, 터키, 불가리아, 세르비아, 헝가리, 슬로바키아, 체코, 독일, 네덜란드, 벨기에, 룩셈부르크, 프랑스, 스페인, 이탈리아, 스위스까지 아주 바쁘게 돌아다녔다. 구석구석 세계 도시들을 돌아다니며 많은 것을 느꼈다. 어떻게 살아야 하나 고민했지. 행복한 삶이란 무엇이며, 엄마 아빠에게 어울리는 삶은 어떤 모습일지, 그래서 앞으로 어떻게 살아야 할지 생각했다. 원래 가지고 있던 '귀농'에 대한 확신을 가지게 되었다. 세상 사는 모습이야 다 제각각이지만 사람 사는 곳은 다 거기서 거기라고, 결국 내가 좋아하고 행복할 수 있는 곳을 찾아가서 살면 된다고 결심했다.

그렇게 여행에서 돌아온 후, 바로 이곳 괴산에 귀농하여 집을 짓게 되었다. 많은 어려움이 있었지만 도시를 떠나 이곳에 온 것을 후회하지는 않는다. 내게 지금 이 괴산은 세계 어느 곳 못지않다. 욕심을 조금 내려놓으면 시골에서도 살 만하단다. 그때 수술대에 누워서 다짐했던 것만큼, 매일같이 그런 보람찬 삶을 살지는 못하지만 말이다. 괴산에 내려오기로 마음먹은 이래로 직접 손으로 무언가를 이루는 느낌이 들어서 좋다. 네가 아빠 엄마 사는 모습을 보고 내려오겠다고 하는 것도 우리가 잘 살아왔다고 말해주는 것 같기도 하고 말이다.

그래,
네가 와서 봄이구나

∶

"꽃이 피어서가 아니라 네가 와서 봄이다." 괴산중학교 교문 위에 게시되어 있는 현수막의 글이다. 읽으면서 빙긋이 웃었다. 저런 감성을 주는 메시지를 아이들이 얼마나 느끼는지 궁금했다. 아이들이 꽃이고 꽃이기에 봄이라고 하지 않고 감성 한 스푼을 더 얹어서 아이들을 돋보이게 한다. 그 수많은 '너'를 생각하게 했다.

겨우내 풀리지 않을 것처럼, 아침마다 얼어붙는 매운 날씨에 새들도 가시덤불을 찾아 헤매곤 한다. 날씨가 풀리는 것을 눈치채게 하는 것이 새들의 지저귀는 소리다. 소리의 높낮이가 다르다. 좀 더 경쾌하고 한층 활기를 뿜는다. 그 재잘대는 소리에 하늘을 한 번 더 올려다본다. 그렇게 계절이 넘어가고 있음을 알게 하니, 새들에게 건넨다.

네가 와서 봄이구나.

꼭꼭 닫아두던 창문을 열 때마다 개구리 울음소리가 우렁차다. 와글와글 떼창을 부르는 개구리들은 소식을 전한다. 이제 겨울잠에서 깰 때라고, 기지개를 힘껏 펴고 밖으로 나오라고 소리소리 지른다. 그래서 고개를 주억거리며 답한다.

그래, 네가 부르니 봄이구나.

연 이틀 비가 내렸다. 씨앗을 뿌려두었던 상추 모종이 삐죽삐죽 고개를 내민다. 옆에서 이제 막 푸른 싹을 보이는 엽채류도 존재감을 뽐내며 말을 건다. 이틀 내 내린 비에 숨 죽였던 쪽파가 불쑥 올라왔다. 겨우내 덮어두었던 마늘 밭의 부직포를 걷어내니 그 푸른 싹들에 눈이 부시다.

생명의 신비는 누구랄 것도 없이 감탄을 부른다. 부지런하신 아래 밭 할아버지께서 뿌려놓은 시큼한 퇴비 냄새 또한 이제 농사철이 시작되었음을 알리는 신호탄이다. 겨우내 가물어서 애를 태웠지만 이틀간 내린 비에 논에도 물이 찼다. 때를 기다리던 트랙터가 논을 갈아엎는다. 그 소리마저 반갑고 경쾌하다. 곱게 갈아놓은 논에 물이 넘실댄다. 찰랑거릴 때마다 빛을 반사하는 반짝임이 싱그럽다. 봄비의 위력이다.

맞다. 네가 와서 봄이다.

이제 곧 매화가 봉오리를 열 터이고 목련도 수줍게 꽃을 피워 올릴 것이다. 오무렸던 봉오리가 어느 순간 터져 나오듯 꽃을 피워내는 봄이 온다.

2부

여름, 풀과의 전쟁

모기만 물려도 퉁퉁 붓는 네가
날벌레와 풀독을 견딜 수 있을까

밭에 들어서니 벌의 날갯짓 소리가 요란하다. 어딘가 집을 지으려는 모양이야. 스웨덴에는 꿀벌용 미니 호텔을 만들어준다는 얘기를 들었다. 살충제 사용과 기후 위기로 개체수가 감소한 꿀벌을 보호하기 위해서라고 하더라만, 머리로 아는 것과는 관계없이 벌에 쏘인 경험이 각인되어 날갯짓 소리도 예사로이 들리지 않고 뭉텅 겁이 난단다.

낫을 들고 풀베기를 하려고 앉으니 투둑투둑 소리가 들렸다. 요즘 하도 비가 잦아 빗방울이 떨어지나 고개를 들었어. 하늘은 말갛게 밝아오고 있었다. 빗방울 소리가 아니라 풀벌레들이 튀는 소리였단다. 풀벌레들과 함께하는 농사지만 익숙해지지 않는구나. 옆에 있는 밭 주인은 여든이 넘으신 할머니야. 지난겨울에 무릎 수술을 하시고는 밭에 약을 못 치신다. 약통 짊어지는 일이 버거우시대. 밭에 철퍼덕 앉으셔서 풀을 베곤 하셨지. 얼마 전에 서울 사는 아들을 불러 감자를 캐셨어. 한낮은 뜨겁다고 새벽부터 서둘러 감자를 캐셨단다. 그리고 저녁 무렵 밭에 가는 길에 할머니를 만났는데 할머니 입술이 퉁퉁 부어 있었어. 뭐가 물었는지도 모르시겠대. 이렇게 몸이 고된 것도 고된 거지만, 농사에 적응하기 위한 통과의례가 만만치 않다는 것도 알아둬야 한다.

풀벌레들 툭툭 튀는 소리에도 민감할 만큼 벌레에 물려 곤혹스러웠던 것이 한두 번이 아니야. 농사를 시작한 첫해, 목 주변에 붉은 발진이 도드라진 걸 보고 동네 형님이 풀독이 올랐다며 걱정을 했다. 첫해여서 그러려니 했던 풀독에, 10년 차가 되는 올해까지도 여전히 시달린다. 고라니 피해 없이 농사지을 수 있는 작물이 들깨라고 하더구나. 해서 지난해 시범적 밭농사로 들깨를 선택했다. 모종을 잘 키워 밭에 정식하는 날이었단다. 한낮은 뜨거우니 새벽부터 모종 심기를 시작했어. 해 뜨기 직전이어서 깔따구들이 무지하게 달려들었다. 깔따구가 물 거라곤 생각도 못 했는데 따끔거리던 얼굴은 저녁 무렵이 되자 알아볼 수 없을 만큼 울퉁불퉁 부어오르더구나. 눈두덩에서부터 볼따구니까지 울긋불긋 볼썽사나웠다. 특히 아로니아를 수확할 때면 쐐기벌레를 수없이 잡아낸다. 수확에만 집중하다가 만나는 쐐기벌레는 정신이 번쩍 들게 한단다. 이토록 벌레들에게 시달리면서도 살충제를 쓰지 않는 이 뚝심이 문득 기특하지만, 바보 같다고 생각할 때도 많단다.

여름은 풀과의 전쟁이라고도 말한다. 돌아서면 부쩍 자라 있는 풀을 베고 또 베어내야 하는 작업이 반복되기 때문이야. 요즘같이 비가 자주 오면 키우는 작물보다 풀이 훨씬 잘 자란다. 예초기로 풀베기를 하지만 고랑이 좁은 곳은 예초기를 돌리기에도 적절하지 않지. 하는 수 없이 낫으로 해야 한다. 지난번에 네가 '이름 없는 풀들'이라고 했다만, 우리가 그 이름을 다 모를 뿐 저마다 이름이 있단다. 단지 작물 재배에 유용하지 않다는 이유로 이름을 불리기도 전에 제거당하는 거지. 누구는 풀 뽑는 일로 무심을 익힌다고 하던데, 눈을 뜰 수 없을 정도로 땀을 흘리며 풀을 베는 일로 무심을 익힌다는 것이 아득한 이야기 같아.

'농업은 생명'이라고 말은 참 쉽게 한다. 풀독으로 여전히 시달리는 오늘도 생각한다. 유기농은 참 힘들지만, 흙을 살리는 일이고 결국은 생명을 살리는 일이라고. 그러면서 가슴이 뜨거워지는 이유는 구태여 설명하고 싶지 않구나. 할머니께선 풀약 치면 될 일을 뭘 그리 고생이냐고 타박한다만, 엄마는 풀도 벌레도 만족할 만한 농사를 짓고 싶었다. 미련한 집착 때문에 몸이 고생이다.

모기만 물려도 진물 날 때까지 벅벅 긁는 아들이 할 수 있을까. 너에게는 별일 아니었을지도 모른다만, 엄마는 여름마다 곤혹스러웠단다. 모기가 기운을 얻어가는 7월이 되면 너는 여기저기 퉁퉁 부어 있었어. 눈두덩이조차 어찌나 긁던지, 눈을 제대로 뜨지 못할 만치 붓는 바람에 지나가는 사람마다 한마디씩 했지. 너에게 "모기 물린 데를 자꾸 긁어서 그래요"라고 안내판이라도 붙이고 싶은 심정이었단다. 아무래도 알레르기 반응 같아서 병원에서 검사도 했는데, 긁어서 생긴 2차 감염이라더구나. 어른이 된 다음에는 안 그러는 줄 알았더니 얼마 전에 보니 장딴지가 이만큼 부어 있더라. 그런 아들이 날벌레들을, 풀독을 잘 견뎌낼 수 있을까 걱정이다.

장마 소식과 함께 며칠 전 종일 비가 내렸다. 바람도 제법 거칠어서 힘들게 키운 옥수수 농사를 망칠까 불안, 불안했어.

아니나 다를까, 옥수수가 군데군데 쓰러져 있더구나. 처음 봤을 때는 가슴이 덜컥 내려앉았지. 그나마 많이 쓰러지지 않은 것을 고맙게 생각했다. 그런데 다른 밭 옥수수는 쓰러진 거 하나 없이 멀쩡한 거야. 왜 그런지 궁금해서 동네 할머니께 전화를 했다. 할머니는 한달음에 땀을 흘리시며 올라오셨다. 옥수수가 쓰러졌다는 소리에 놀라셨던 모양이야.

여기저기 돌아보시고 내린 진단은, 우리 밭은 풀이 많아 옥수수가 웃자란 거라고 하시더구나. 그러고 보니 다른 밭은 고랑에 풀이 하나도 없었던 게 생각났어. 할머니는 풀하고 같이 키우는 옥수수 농사가 영 마땅치 않으신 거 같아. 내년에 심을 때는 너무 달게(간격을 가깝게) 심지 말라고 처방을 주고 가셨다. 다음 주면 옥수수를 수확할 시기가 된다. 일조량이 모자라지나 않을는지 조마조마했지만 강렬한 햇볕 덕에 잘 익어가고 있다. 며칠 전에도 요란한 빗방울 소리에 잠을 설쳤다. 날씨가 오락가락해서 애를 태워가며, 동네 할머니한테 순치기 안 해주냐고 꾸중 들어가면서 열심히 키운 옥수수 농사는 풍작이야. 너의 호언 장담을 은근히 기대하는 얄팍한 마음에 혼자 웃는다.

'찐촌바이브'를 내뿜는
협동조합을 해보려 해요

괴산에서 많은 벌레를 만났습니다. 슬리퍼 앞으로 튀어 들어와
발가락 사이에서 만난 벌레, 수확 중 만난 벌들, 요상하게 생긴
온갖 날벌레와 땅벌레…. 그렇게 대부분 익숙해졌는데도 돈벌
레는 도저히 적응이 되지 않을 것 같았어요. 괴산 돈벌레들은
특히 더 크고 빠른 듯했습니다. 기겁하는 아내를 위해 꾹 참고
얼굴을 맞대길 수차례, 이제는 가는 길 명복을 빌어주는 사이가
되었습니다. 잘 잡아서 밖에 놓아주려 해봤지만 어찌나 빠른지.
이렇게 절대 익숙해지지 않을 것 같은 일에도 익숙해지더군요.
농사지으며 마주하는 모든 것에 내성이 생길 거라 기대하지 않지만 이렇게 적응해 살아가는 법을 배우지 않겠습니까.

특히 저는 네 살 터울의 누나가 있으니 덕을 많이 봤죠. 누나는 항상 한발 먼저였습니다. 초등학생, 중학생, 고등학생, 대학생, 대학원생의 삶까지 누나는 먼저 경험했죠. 이윽고 누나는 결혼 생활도 저희보다 1년 먼저 시작했습니다. 전셋집도 먼저 구했죠. 제가 신혼집을 구할 적에 누나에게 조언을 많이 받았어요. 굳이 누나를 따라가려고 한 건 아니었는데, 마침 누나네 신혼집 위층에 전세 매물이 나왔더군요. 위치도 좋고, 깨끗하게 리모델링이 된 집이었습니다. 그렇게 남매가 아래윗집에 모여 살게 되었어요.

때때로 같이 밥 먹고, 반찬 하면 나눠 먹고, 선물 받은 귀한 것이 있으면 조금이라도 떼어 주고, 가끔 강아지도 봐달라고 하고, 서로 택배도 받아주고, 당근마켓에 무거운 매물이 나오면 같이 가주고…. 이웃 좋다는 게 이런 거구나 싶었습니다. 그렇게 사위도 며느리도 다 같이 어울려 지냅니다. 매형에게 프로그래밍 배우고, 같이 그림 그리고, 게임도 만들어봤습니다. 오만 가지 이야기를 나눴습니다. 삶의 방향성에 대해서도 생각을 나눴죠. 그렇게 진지하게 함께 일을 해보기로 했어요.

이름하여 '찐촌바이브'. 딱 우리 같은 사람을 위한 일입니다. 귀농·귀촌은 하고 싶지만 막상 떠나기 두려운 사람들을 위해 먼저 시골을 경험해볼 수 있는 마을 민박을 해보려 해요. 농사일이란 게 바쁜 철이 따로 있는데 일손 구하기가 쉽지 않죠. 그런데 빈집도 늘어가고, 노는 농지도 늘어가고 있으니 시골의 빈방, 빈집에 묵으며 일할 수 있게끔 하면 사람들이 현대판 농활, 한국판 워킹홀리데이를 즐길 수 있지 않을까 생각합니다. 그렇게 길러낸 농산물들을 가공하고 판매하며, 농가 체험을 잇는 협동조합을 만들고 싶어요. 사실 이미 첫 삽을 떴어요. 제가 가지고 있지 못한 차분함과 꼼꼼함을 갖춘 누나가 의욕적으로 함께해주고 있어서 든든합니다. 누나가 함께한다니 좀 마음이 놓이시지 않나요?

시작할 때의 협동심을 유지하는 게
쉽지 않단다

마음을 모아 무언가를 해보려는 시도는 늘 반갑다. 그래, 다음
세대가 활기차게 무언가를 하는 모습을 보면 이대로 시골이 맥
없이 사라질 것 같지는 않구나. 모든 면에서 사려 깊은 너의 누
나와 늘 활기 넘치고 의욕적인 너는 함께 많은 걸 할 수 있을 거
다. 협동조합 운동을 했던 엄마가 해줄 이야기가 있을까 싶어
옛날 생각을 꺼내본다.

  군포생협을 만든 지 23년이 되었구나. 계기는 단순했다.
토론회 자리였는데, 앞부분 토론이 생협에 관한 내용이었어. 그
자리에 참석한 백발의 할아버지들이 발표하는 모습을 보면서

'협동조합은 하얀 머리가 되도록 할 수 있는 사회운동이구나' 하고 감동했다. 나이가 지긋한 분들의 신념과 꿈이 깃든 협동조합에 대해 공부하고 싶었지. 꼬박 6개월을 공부하고, 차근차근 행동으로 옮겨갔다. 당시 활동가 한 분이 '왜 어려운 생협을 하느냐'며 극구 말리는 것에도 아랑곳하지 않았다. 만만치 않았지만 결국 만들었지. 25층 아파트의 50세대에 손 편지를 썼다. "1402호 조금숙입니다. 생활협동조합을 만들려고 준비하고 있습니다. 함께해주시면 더없이 고맙겠습니다. 생협은 소비자생활협동조합의 줄임말로, 윤리적인 소비에서 모든 것이 시작된다는 믿음에서 출발합니다." 뭐 이런 내용이었어. 의기충천했던 그 뜻이 지금은 가물가물해.

그렇게 열심히 준비하고 키웠던 생협인데, 어느새 소비자이익단체에 가까워지는 모습을 보면서 초심이 정말 중요하다고 생각한다. 운영 주체가 누가 되었든 애초에 일을 시작한 마음을 잃으면 안 되겠지. 협동조합이라는 걸 하다 보면 다양한 생각을 가진 사람이 다양한 곳에서 모이게 된단다. 다들 시작할 때는 한마음이어도 늘 같은 마음을 유지하는 게 쉽지 않단다. 괴산에 와서도 농부들 중심으로 협동조합을 꾸렸지. 소농민들을 위한 활동을 하고 싶어서 시작한 일인데, 매 걸음이 쉽지 않다.

너희가 준비하는 '찐촌바이브'가 어떤 모습으로 커갈지 기대된다. 그런데 말이다. 엄마가 시작할 때와는 굉장히 다른 모습이어서 걱정되는 면도 있어. 누나나 너에 대한 믿음이 부족하다기보단, 나이 들며 어느새 불쑥 커진 노파심 때문일지도 몰라. 엄마에게는 든든한 아빠가 있었단다. 환경운동이든 생협 활동이든 수지 타산 없이 일할 수 있었던 것도 아빠 덕이지. 그러던 아빠가 이제는 은퇴하고 농부가 되었잖아. 너에게 지금의 엄마 아빠가 늘 그래왔듯이 든든한 지원이 못 된다고 생각하니 걱정이 앞선다. 바람이 분다.

그 여행 이래로 대화는
줄곧 이어지고 있습니다

인생은 B와 D사이, C라죠. 탄생(Birth)과 죽음(Death) 사이, 선택(Choice)의 연속. 갈림길이 여럿 있었습니다. 선택할 때마다 어머니는 늘 곁에 있어주셨죠. 어머니 보시기에 제 선택이 불안하실 때면 늘 찾는 사람이 하나 있습니다. 누나.

　　태어나면서부터 형제간에는 강한 경쟁의식이 생겨난다고 합니다. 가족 내에 먹이가 부족해지면 형제들 중 일부만이 살아남았던 기억이 DNA 속에 남아 있다나요. 그래서인지 누나가 오랫동안 마음에 들지 않았습니다. 가만히 보면 누나는 만날 놀러 다니는 것 같은데 성적은 또 끝내주게 받아 왔어요. 학원에 있어야 할 누나가 돌계단 앞에서 친구들이랑 놀고 있는 걸 목격하기도 했죠. 같이 놀고 싶어서 아는 체해도 뭔가 사람대접을 하지 않는 것 같아서 심통 난 적도 많습니다.

하루는 누나가 울면서 들어왔어요, 하기 싫다 했는데도 반장으로 뽑혔다며. 아니, 하고 싶은 사람도 줄 서 있을 텐데 뽑혔으면 감사해야 할 일이 아닌가! 도대체 이해가 되지 않았습니다. 모든 일에 거리낌 없는 동생이 보기에 누나는 비밀이 많고, 꼭 동생을 싫어하는 사람처럼 보였거든요. 언제부턴가 누나는 가족 여행도 같이 가지 않았습니다. 친구들과 놀겠다며 함께 가지 않는 누나가 얄미운데, 엄마는 제게 '너는 친구 없니?' 하는 걱정스러운 눈빛을 보내셨죠. 둘째로서 지닌 서운한 마음은 여전합니다. 어머니는 누나가 하는 일은 늘 최고라고 여기고, 제가 하는 일은 어딘가 불안하게 보신달까요. 로스쿨에서 공부는 열심히 하는데 성적이 그만큼 안 나온다고 한탄하면 엄마는 공부법을 누나한테 물어보라고 하셨어요. 아니, 저도 존경받는 가정교사였고 이미 로스쿨도 다니고 있었는데, 당연히 공부 어떻게 하는 줄 알지 않겠어요? 그러니 제가 누나를 질투할 만도 하죠?

누나와 대화다운 대화를 나눌 수 있었던 건 누나도 저도 어른이 된 뒤에나였어요. 비로소 함께 갈 수 있었던 가족 여행에서야 누나를 이해했고, 사랑받고 있는 동생이라 다행이란 생각을 했습니다. 그때, 반장에 뽑혀서 울며 집에 온 날의 이야기도 들었어요. 반장을 하면 이래저래 쓸 일도 많을 텐데, 엄마 아빠 힘들어하는 줄 알면서도 반장이 된 미안함에 그랬다고요. 그 여행 이래로 대화는 줄곧 이어지고 있습니다. 로스쿨 갈 적에 누나는 인생 살며 3년 정도 미친 듯 공부만 하는 것도 나쁘지 않다며 응원해줬습니다. 공부가 지겨워 몸부림칠 때도 누나에게 많이 의지했어요. '공부란 결국 얼마나 오래 견딜 수 있는가의 문제라고, 예전처럼 오래 하지 못하겠다면 그 이유는 뭘까 생각해보라' 한 누나입니다. 그러고 보니 기분 나빠했어도, 누나에게 물어보라는 어머니 조언을 듣긴 했네요.

어머니 아버지 귀농하신 뒤로 누나와 함께 괴산에서의 삶에 대해 생각했습니다. 그렇게 저는 저대로, 누나는 누나대로 '귀농'을 가슴 한편에 품고 살았죠. 머지않아 시골에 내려가고자 한다는 이야기를 했을 때, 누나의 첫말은 "보라는?"이었어요. 오히려 제 아내가 더 적극적이라 전하니 많이 부러워하는 눈치였습니다. 누나와 함께 오랜 시간 청년 귀농을 가늠했습니다. 우리가 여태 누려온 도시의 삶과 겪어보지 못한 시골의 삶.

명문대 꼬리표를 최대한 이용하는 삶과 그 꼬리표가 오히려 '낙향'이라는 낙인으로 있을 삶. 보통의 삶과 보통이 아닌 삶. 누나가 대안학교 교사로 일하지 않았더라면 우리가 나눈 그 귀농에 대한 대화는 아마 훨씬 더 격렬하고 입장 차이가 큰 대화가 되었을 겁니다.

네 살 위 누나는 제가 아는 사람 중에 가장 똑똑한 사람입니다. 그런 누나가 대안학교 일을 시작할 때는 얼마간 경험 쌓고 공부를 이어가겠거니 생각했는데, 누나는 되레 점점 사명감을 갖춰갔어요. 이런저런 심리적 어려움을 가진 청년들이 모여 함께 삶을 고민하는 학교였습니다. 잠깐 봉사활동으로 누나 학교에서 용돈 관리에 대한 수업을 하러 간 적이 있는데, 그때 누나가 일하는 모습을 가까이서 보았죠.

첫날 교무실에서 주의 사항 등을 듣고 있었는데, 학생들이 새로 온 선생님들을 보겠다며 교무실에 들어왔습니다. 한 학생은 배가 아프다면서 약을 받아 갔어요. 저는 법학도의 입장에서 관리·감독·책임을 운운하며, 약을 줄 것이 아니라 병원에 보내야 하지 않겠느냐 물었습니다. 누나는 매일같이 저렇게 아프다며 오는데 병원에서는 아무 문제 없다 한다고 했죠. 관심받고픈 마음이 강하니, 어머님으로부터 '응석을 받아주지 말아달라'는 당부 사항이 전달된 친구였어요. 함께 들어온 친구들 중에는 저보다 한참 덩치가 크지만 눈을 마주치지 못할 만큼 수줍음이 많은 친구도 있고, 계속 방글방글 웃으며 박수를 치고 있는 친구도 있었습니다. 보통 학교와 사뭇 다른 분위기였어요.

누나는 학교생활은 남다름을 얼마나 잘 받아들이느냐에 따라 크게 달라진다고 말해줬습니다. 저마다 모양이 특별한 친구들은 남과 다른 자신의 모습에 불만이 가득한 채로 학교에 온다 해요. 그렇게 처음에는 자신에게 화가 많이 나 있던 친구들도, 비슷한 친구들과 어울리고 선생님들에게 존중받으면서 점점 나아진답니다. 누나는 대안학교에서 '보통'에 대한 집착을 버린 듯했어요. 원래는 기준이 굉장히 높은 사람이라 생각했는데, 사람이 유연해지는 게 보였습니다. 박사 누나도 좋았겠지만 저는 지금의 누나가 훨씬 좋아요. 부족한 동생을 지적하기보다 함께 고민해주는 사람이니까요.

저와 같이 로스쿨에 다닌 친구들은 이미 변호사가 되었거나 곧 될 겁니다. 함께 중학교, 고등학교에서 공부했던 친구들은 일찍이 자리를 잡았죠. 저는 친구들과는 상당히 다른 선택을 해왔습니다. 제 선택에 후회한 적이 없다면 거짓말이겠죠. 그렇지만 고민이 가득한 순간에 머리를 모으는 식구들이 있으니 늘

제가 얻을 수 있는 최고의 것만을 얻어왔다고 생각해요. 앞으로 제가 얼마나 잘 해내느냐에 따라, 가까운 누나부터 마음 편히 내려올지도 모르죠. 속내를 잘 드러내지 않는 누나지만, 저는 누나도 저와 같은 고민을 했고, 어쩌면 저와 같은 결론을 내린 채 적당한 때가 오길 기다리고 있을지도 모른다 생각합니다.

우리 부디
재미를 포기하지는 말자

●
●
●

안녕, 동생! 네가 나에 대해 쓴 글을 보고 얼마나 깜짝 놀랐는지 몰라. 내가 아는 나와, 네가 보는 나, 엄마가 보는 내가 모두 다른 사람인 것만 같아. 어쩌면 가족이야 말로 서로에 대해 편견을 갖기 가장 쉬운 관계가 아닌가 싶다. 각자 역할이나 태어난 순서가 너무 강력히 정해져 있으니 말이야. 특히나 엄마가 나에게 공부법을 물어보라고 했다는 대목에서는 민망해 한참 웃었어. 로스쿨을 다니며 온종일 공부만 하고 있었을 네가 그 말을 듣고 얼마나 어이가 없었을까?

공부 얘기를 하니까 갑자기 생각난다. 너와 자주 했던 '공부의 저주' 이야기. 우연히 객관식 문항에서 정답을 골라내는 기술을 가지고 있었고, 그리고 또 우연히도 우리 사회가 그 기술에 과도한 가치를 부여하고 있었을 뿐이지. 그 우연 하나에 너무 많은 다른 것들이 가려지는 것 같단 얘기를 나눈 적 있잖아. 속으로는 한없이 이기적인, 혹은 더 나아가 반사회적인 생각을 품고 있는 사람도, 얌전히 하라는 거 하면서 성적까지 좋으면 '반듯한 능력자'라고 칭찬만 받고 크지 않겠어? 거기에서부터 끔찍한 사회적 비극이 탄생할지도 모르니까. 굳이 그런 소설 같은 경우를 생각하지 않더라도, 어린 시절 자신에 대해 진지하게 탐구해볼 기회도 오히려 잡아먹히는 것 같다는 말이었어.

고등학생 시절, 적성검사의 길고 긴 문항에 답을 표시하면서 한껏 들떠 있었어. 교과 공부 하는 시간이 아니었으니까 더더욱 신이 났었겠지. 미래의 나는 어떤 모습일까? 마치 타로 카드 들썩대듯이 설렜는데, 그때 아마 미래의 직업으로 '농부'를 추천한다고 나왔었나? 솔직히 부끄럽게도 그때 난 그 결과가 별 시답잖다고 생각했다. 성적이 좋다는 것에 한껏 취해서 뭔가 내가 대단한 사람이 될 것만 같았나 봐(시간이 흘러 지금의 난 이렇게 '한량'이 된 채, 시골에 가기를 너와 함께 꿈꾸고 있지만).

나이가 들어서도 '인생 이렇게 살아도 되나' 고민이 밀려드는 시기에, 과거의 영광을 재현하기 위한 무의식적 욕망 탓인지 너무나 손쉽게 '시험'이라는 선택지를 골라 들게 되었어. 저주에 걸린 함정 카드였는데, 그땐 그걸 몰랐네? 아무튼 시험에 매달리며 아깝게 보낸 시간 속에서 '아, 내가 어린 시절 객관식 시험을 잘 봤다고 해서 무슨 시험이든지 끈덕지게 해낼 수 있는 건 아니구나'라는 깨달음과 함께 자존심에 스크래치만 하나 추가해 버렸지 뭐야.

나이 들어 노무사 시험에 도전했다 실패한 이야기가 부끄러워 이렇게나 빙빙 돌려 말하게 되는 내가 보기에 너는 영원한 연구 대상이다. "때려죽인대도 못 할 것 같애"라며 탁탁 털고 일어서더니, "두 번의 변호사 시험에서 떨어졌습니다"라는 문장으로 시작하는 글 속에서 시골에 가겠다는 포부를 미주알고주알, 그것도 불특정 다수가 보는 신문에 대문짝만 하게 말야.

어릴 때부터 넌 참 신기한 존재였지. 마주 앉은 상대의 기분과 생각에 맞춰 여러 가지 가면을 돌려쓰는 데 익숙한 내가 보기에, 너는 가면 자체가 전혀 없어 보였어. 아니, 그런 인간이 있을 수나 있나? 저렇게 속살 그대로 드러내 보이는 민달팽이같이 굴다가 어디 가서 소금이라도 왕창 맞고 상처받는 것은 아닌가? 하지만 그런 너였기에 나도 상대가 어떤 생각을 할까 재고 따지는 것을 관두고 편하게 무엇이든 얘기할 수 있었던 것 같아. 엄마 아빠의 이른 귀농 후, 너와 룸메이트 생활을 하며 대화를 많이 나누게 되었지. 너는 내게 동생이라기보다는, 어떤 주제든지간에 두려움 없이 침 튀기며 논쟁을 할 수 있는 귀한 친구 같은 존재가 되었어. 낯을 유난히 많이 가리는 내게는 몇 없는 소중한 존재라고!

엄마 아빠의 귀농 생활을 지켜보면서 먼 미래 시골

에 가는 삶을 나도 꿈꾸긴 했다만, 젊은 나이에 네가 대뜸 당장 귀촌하겠다고 했을 땐 솔직히 나도 걱정이 앞섰어. 시골에 돈 들여 집부터 짓지 말고 전세로 먼저 몇 년 살아보고 결정하는 것은 어떠냐는 둥, 시골에 가면 이런저런 어려움이 있다는데 감당할 수는 있겠냐는 둥, 귀동냥한 귀농·귀촌 실패 사례들까지 모이 물어다 주는 어미새마냥 물어 나르곤 했지. 심지어 마치 내가 진짜 어미새라도 된 듯 사명감까지 가지고 그랬던 것 같아.

그랬던 내가 귀촌 플랫폼인 '찐촌바이브'를 너와 같이 기획하게 된 것은, 결국 '무며들었던' 건가? 너와 대화하며 먼 미래에 하고 싶다고 막연히 꿈꿔오던 일을 시기를 좀 당기는 게 그렇게 잘못만은 아닌 것 같다고 생각하게 된 것도 있지만, 조금 더 자세히 말해보자면 '집값'에 대한 고민 때문이기도 했어. 사회가 성적에 너무 과도한 가치를 부여하는 것 같다는 생각과 마찬가지로, 집값이 너무 과도하게 뻥튀기되어 있는 것 같다는 생각? 그런 생각은 오래 해왔었지만, 그럼에도 매형과 나도 다른 신혼부부들이 그러는 것처럼 청약도 넣어보곤 했다. 하지만 '다행히' 넣을 때마다 '광탈'이었지. 어라? 왜 나는 탈락 결과에 안도하는 걸까? 그제야 네 매형과 함께 진지하게 생각해봤어. 이른바 '영끌'을 하면 대출 이자를 갚느라 일을 그만두고 싶어도 그만둘 수 없는 삶을 살게 될 텐데, 그래도 괜찮나? 물론 도시 아파트에서의 삶이 꿈꿔오던 것이라면, 그 꿈을 위해 성실히 사는 것도 멋진 삶이지. 그러나 언젠가 여유가 될 때 시골에 가는 것을 항상 꿈꿔왔다면? 왜 정작 꿈꿔왔던 것도 아닌 것을 위해 다른 모든 것을 제쳐두고 살아야 하지? 별다른 고민 없이 남들의 욕망에 따라 '아, 나도 이걸 욕망해야 하는 거구나' 하며 욕망하는 척만 하고 있었던 건 아닌가?

네 매형은 서울 토박이에, 흙 한 번 안 만져봤을 것 같은 사람이라 귀농한 부모님을 곁에 두고 본 나와는 생각이 영 다를 것이란 편견과는 달리, 틈틈이 완전 재택근무가 가능한 회사들을 리스트업을 하더니 지금은 EBS 다큐멘터리 〈건축탐구 – 집〉에 빠져 나무 집 만들기 과정에 같이 등록하자고 성화다. 운이 좋았다고? 그보다는 나를 믿고 응원해주는 마음이 느껴져 감사할 뿐이야.

121

살면서 많은 욕심들을 내려놓아왔지만, 여전히 내려놓지 못한 욕심은 '재미'와 '의미' 사이에서 균형 잡힌 삶을 살았으면 좋겠다는 바람이야. '재미'를 따라가는 건 쉽지만, '의미'를 좇는 건 어려운 것 같아. 그럼에도, 도시의 욕망을 따르지 않는 소수의 취향을 가진 이들이, 즉 도시에서의 삶이 좀 맞지 않는 것 같다고 느끼는 사람들이 종종 시골의 삶을 실험해볼 수 있는 그런 기회를 작게나마 여는, 우리의 귀촌이 그런 의미를 가질 수 있으면 좋겠다. 우리가 함께라면, 솔직히 재미는 당연히 따라오는 것 아니겠니? 도시의 언어가 아닌, 시골 본연의 언어를 찾아보자는 '찐촌바이브'의 모토처럼, 이런저런 성과를 위해 우리 부디 재미를 포기하지는 말자!

떨어져 살아도,
가까이 지내는 사이이길

예전에 책에서 읽었던 말이 떠오른다. 상담자가 가장 힘든 점은 내담자가 같은 말, 같은 상처를 반복해 말해도 들어줘야 한다는 것이었어. 비슷한 경험을 한 적도 있다. 막 마흔을 넘긴 나이였을 게다. 환갑을 목전에 둔 잘 아는 언니한테서 전화를 받았지. 언니가 본인 아버지한테 서운했던 점을 한참이나 나한테 쏟아부었다. 처음엔 그저 가슴속에 응어리가 질 만큼 서러웠나 보다 생각했지. 자분자분 이야기를 들었다. 적당히 잘 듣고 있노라는 반응을 하면서. 그런데 30분이 넘어가도록 같은 말을 반복하면서 멈출 생각을 안 하더구나. 가끔씩 같은 스토리에 새롭게 떠오르는 말을 하나씩 더해가면서 끊임없이 반복하는 거야. 남의 가정사를 속속들이 들으면서 맞장구를 칠 수도 없고, 감히 지적질을 할 수도 없었다. 그때 깨달았어. 가슴에 새겨진 상처는 나이 환갑이 되어서도 응어리로 남는다는 것을. 살면서, 우리가 부딪치는 수많은 문제들을 함께 나눌 수 있는 형제가 있다는 것은 아무에게나 쉽게 찾아가지 않는 행운이 아닐까 싶다. 아마도 너희는 평생에 걸쳐 서로 같은 말, 같은 상처를 끊임없이 들어준 사이가 아닐까.

평소에 그런 말을 자주 했지. 엄마는 잔칫집에 축하 가기보다 어려운 일을 만난 집에 찾아가기를 빠뜨리지 않으려고 애쓴다고. 정승 집에는 개가 죽어도 문상을 가지만, 정승이 죽으면 문상을 안 간다나. 그 말은 살아온 그간의 삶을 짓밟는 잔인한 말이라고 생각하고 있단다. 외할머니(너의 외증조할머니겠다)는 우리 집에 오셔서 돌아가셨다. 몸져누우신 지 오래된 데다가, 돌보던 삼촌에게 일이 생겨서 당신 막내딸이었던 울 엄마(네게는 외할머니)에게 맡겨지셨지. 그때가 고등학생 시절이었다. 자리에서 한번 일어나지도 못하신 채 돌아가셨어. 그리고 운구차가 나가는데 정말, 딱 우리 식구밖에 없었다. 엄마와 외삼촌들, 이모들. 지금 생각하면 아무에게도 알리지 않았던 거지. 외할머니의 임종보다 우리 식구밖에 없다는 현실이 뼈저리도록 서러웠다.
그럼에도 형제들이 곁에 있다는 게 얼마나 의지가 되던지. 말머
리가 길어졌다만, 가장 힘든 때에 곁에 있는 사람들은 형제야.
그러니 너희들이 사이좋게 지낸다는 사실이 흐뭇하다. 남매간
이야기를 들으니, 지그시 웃어지네.

시골에서
진짜 '살림'에 함께하고 싶습니다

요즘 새삼 어머니가 존경스러워요. 집을 어느 정도 수준으로 유지하는 '살림'이 이렇게 어려운 일인지, 도맡아 하기 전까지는 몰랐습니다. 회사 출퇴근하는 아내에게 아침저녁 차려주고 치우고, 청소, 빨래하면 하루가 다 갑니다. 집안일은 꼼꼼히 하려고 들면 끝도 없죠. 친구는 저를 '샤따맨'이라 놀려요. 아내가 가게에서 돈을 버는 동안 그 가게의 셔터 여닫는 일만 하는 남편을 '셔터맨'이라고 한다나요? 제가 돈 벌어 오는 아내 잘 만나서 편하게 산다는 거죠. 그런데 저는 집을 집답게 하는 일이 절대 편하지 않은데… 저만 그런 건가요? 이 일도 하다 보면 곧 적응이 되려나요.

'살림살이'라는 말이 참 멋있는데 막상 집안일을 하다 보면, 제가 하는 '살림'이 지구에게는 잔인한 말이더군요. 농사는 풀, 벌레와 함께 짓는 일이고 그렇게 흙을 살리겠다는 사명감 넘치는 어머니 앞에서 부끄러운 고백을 해야겠습니다. 저는 세면대 하수관이 막혔을 때 알칼리성 화학약품을 붓습니다. 여러 방법이 있는 걸 알지만, 가장 손쉽고 속 시원한 방법이라 그렇게 해왔습니다. 곰팡이를 닦아낼 때도, 화장실 청소를 할 때에도 락스 쓰는 걸 주저하지 않아요. 그런데 이런 화학약품은 소소한 정도입니다. 진짜 반(反)살림은 쓰레기장에서 느껴지죠. '배달 음식 좀 그만 먹어야지' 하면서도 손가락 몇 번 움직이면 배달되는 세계 각국의 음식을 어떻게 마다합니까. 핸드폰을 볼 때마다 갖고 싶어지는 물건이 하나둘 생기는데 아주 쉽게 주문할 수 있잖아요. 그렇게 택배 상자는 쌓여가고 쓰레기는 늘어납니다.

어머니가 별달리 가르치지 않으셨다고 해도, 환경운동가 어머니를 보면서 자랐습니다. 스스로 환경에 대한 애착이 강하다 생각함에도 이렇게 엄청나게 많은 쓰레기를 매일같이 만들어냅니다. 환경을 생각하겠다는 다짐을 하면서도 어느새 몸에

밴 습관에 또 좌절해요. 그래도 세상엔 용감한 사람들이 참 많습니다. 텀블러나 유리 용기 갖고 다니며 음식 포장해 오는 사람, 채식하는 사람, '줍깅(산을 조깅하듯 뛰어다니며 쓰레기를 줍는 일)'하는 사람까지. MZ세대가 어쩌네, 이대남이 어쩌네 말도 많지만 어느 때보다 많이 배우고 많이 경험한 젊은이들입니다. 앞으로 더 나아지리라 믿어요. 그렇게 '미래가 밝네' 하면서 다시 분리배출을 하러 가면 또 부끄러워집니다. 저는 제가 있는 자리에서 최선을 다하고 있는 걸까요.

"How dare you!(어떻게 감히!)" 유엔 기후행동정상회의에 참석해 각국 정상들을 향해 내뱉던 그레타 툰베리의 외침에 전율하며 다시 마음을 다잡습니다. 플라스틱을 쓰지 않겠습니다. 포장재가 많이 들어가는 택배 주문도 하지 않겠어요. 세제도 환경에 좋지 않은 화학약품이라면 쓰지 않겠습니다. 그런데 저는 이렇게 '안' 하는 것에 그치지 않고 싶어요. 시골에서 흙과 함께 의미 있는 삶을 살고자 합니다.

지금보다도 더 패기 넘쳤던 시절, 마음 맞는 사람들과 일을 꾸린 적 있어요. '베러(Better)'라는 사회 공헌 플랫폼을 만들었습니다. 사람에게는 제각기 착한 마음이 자리 잡고 있으며, 이를 소소하게나마 표현하다 보면 자연히 더 나은 세상이 되리란 믿음에 시작했던 일이에요. 모든 게 그렇듯, 일이 마음처럼 술술 풀리진 않았지만 그 생각 여전합니다. 비 맞고 있는 개에게 우산을 씌워주고 싶은 마음은 누구에게나 있잖아요. 그런 마음을 모아서 더 나은 세상을 만들 수 있다고 믿습니다. 제가 생각하는 더 나은 세상은 인구밀도와 아주 밀접한 영향이 있어요. 모든 문제가 너무 많은 사람이 너무 좁은 곳에 모여 있어서 일어나는 것 같거든요.

제가 꿈꾸는 시골살이는 〈나는 자연인이다〉에 나오는 분들의 호연지기와는 거리가 있습니다. 병원도 멀고 음식 배달도 어렵지만, 택배는 됩니다. 마을과는 조금 떨어진 곳이지만, 예쁜 집에서 삽니다. 전기도 잘 들고, 많지는 않아도 태양광 발전도 직접 합니다. 저만을 위한 전기차 충전기도 있습니다. 와이파이 잘 되고요. 봄, 여름, 가을에는 농사짓느라 정신없지만, 겨울에는 한적하니 다른 일로 자기 시간을 채워 보냅니다. 먹고 싶은 음식이 있다면 가끔 읍내에 나가 사 먹어요. 아이들은 집에서 맘껏 뛰어놀고, 피아노도 색소폰도 드럼도 쾅쾅 괜찮습니다. 저는 아내와 함께 이런저런 일을 꾸려가고요. 도시에서 멀어지다 보니 플라스틱을 쓸 일도 줄고, 몸에 해로웠던 모든 것이 줄어듭니다. 소득이 줄겠지만 소비는 더 줄어서 오히려 형편이 나아질 수도 있겠죠. 이효리 씨처럼 다 갖춘 듯한 분들만 할 수 있는 게 아니라, 저처럼 무엇 하나 제대로 이루지 못한 사람이라도 시골에서 흙과 함께 의미 있는 삶을 이어갈 수 있다는 사실을 확인하고 싶습니다. 그러면 누군가 그걸 또 참고하지 않을까요.

미디어에 노출되는 억대 매출의 부농들처럼 크게 성공하길 기대할 수도 없어요. 제가 가진 자본이 보잘것없으니까요. 성공한 도시인들이 어떤 삶을 살게 되는지는 곧 발견할 수 있습니다. 근사하니 부족함이 없지요. 시골에서의 삶은 어떨까요. 남들이 쉬이 하지 않는 선택이라서 피할 마음은 없습니다. 그런 '남다름'이 어떤 성과로 이어질지도 모르죠. 사실 무언가를 꼭 이루지 않아도, 그저 내려가는 것 자체가 즐거우니 괜찮습니다. 제가 셔터맨이라면, 귀농 행렬의 셔터를 여는 셔터맨이 되면 좋겠습니다. 꼭 그럴 수 있을 것만 같아 마음이 설레요. 꿈꾸던 대로 선한 영향력을 넓게 뿜는 그런 사람이 될 수 있을 것 같아서요. 어머니가 아들의 귀농을 반기실리 없다 생각했습니다. 그러나 말릴 수 없다는 것도 알았죠. 이제 저도 시골에서 진짜 '살림'에 함께하고 싶습니다.

동학의 교조 수운 선생은 수양을 마치고 칼춤을 추며 노

130

래를 불렀습니다. "시호시호 이내시호 부재래지 시호로다!…용천검 드는 칼을 아니 쓰고 무엇하리! (때다, 때야! 그래, 다신 오지 않을 때가 왔다! 내 가슴속 잘 드는 칼을 쓰지 않고 무엇하리!)" 아주 개인적인 이유에서 시작하는 귀농이지만, 결코 개인에서 그치지 않는 귀농이 되었으면 좋겠습니다. 때가 왔고, 벼르던 일입니다. 셔터맨, 셔터 올리러 갑니다.

작은 아이에게

이곳의 정서는
아직도 모르는 게 많아

지금 살고 있는 집은 동네에서는 조금 떨어져 있는 곳이어서 동네 형님이 왜 도시에서 오는 사람들은 골짜기로만 들어가려는지 모르겠다고 지나가는 말을 한 적이 있어. 일단 동네 안에는 들어갈 만한 집이 있지도, 그렇다고 집 지을 터가 있지도 않다. 그러니 이리저리 터를 찾아 안쪽으로 들어가는 상황이 되는 거지. 거기에 더하자면, 도시에서처럼 익명성을 유지하고 싶은 마음도 있다고 생각해. 누군가 본인의 삶에 간섭하지 않았으면 하는 마음. 게다가 지하철 안에서의 부대낌과 8차선 도로를 가득 메운 자동차의 소음에서 벗어나 한적함과 안온함을 누리고 싶은 시골 생활의 로망이 반영된 터 잡기가 아닌가 싶다.

　이곳의 정서는 아직도 모르는 게 많다. 10년을 살았어도, 아니 60년을 사신 동네 할아버지조차도 외지인이라는 딱지를 달고 산단다. 지난번에 너희 내려왔을 적에 취나물 무쳐 먹으면서, 우리 아로니아 밭 뒤뜰이 동네 사람들이라면 다 아는 취밭이었는데 우리만 10년째 몰랐더란 말은 했었지? 그야말로 코앞에 두고도 10년을 모르고 지내왔던 거지. 하기는 가을철이면 버섯을 따러 다니는데 그 장소는 다른 누구에게도 알려주지 않는다는 이야기도 들은 적 있다. 10년 만에 알게 된 동네 비밀. 동네 사람은 다 알고 있어도 외지인에게는 이야기해주지 않는다는 사실을 알고는 그날 밤에 키득대며 웃었다.

　한번은, 주민들을 위한 자치 노래 교실을 만들자고 제안했다. 농사일이 없는 겨울이면 마을회관에 늘 모여 계시거든. 가끔씩 함께 노래 부르며 속 푸는 것도 좋을 거 같아서 의견을 냈지. 그랬더니 한 동네 형님이 만들어봐야 소용없다며, 옛날에도 만들었지만 찾는 사람이 뜸해 두 달 만에 없어졌다는 거야. 그럼에도 고집을 부려서 만들어졌다. 그렇게 생긴 노래 교실은 코로나로 마을회관이 문 닫기 전까지 할머니들의 즐거움이었단다. 과거에는 안 되던 일도 다시 시작해서 잘 운영할 수 있다는 좋은 선례를 보여준 거라고 생각하지만 글쎄, 동시에 여기저기서 묘하게 '어디 얼마나 잘하나 보자'는 배타적 시선을 많이 느낀다.

옥수수 농사를 시작했잖아. 일단 포트에 심어서 적당히 키운 다음에 밭에 정식을 하는 거란다. 그런데 씨앗을 넣고 열심히 물을 주고 기다려도 싹이 나오질 않는 거야. 마침 마실 오신 할머니한테 얘기했더니 아침저녁으로 기온이 낮아서 싹이 나오지 못하는 거라고 덮개를 씌우라고 하시더구나. 그렇게 어린잎들을 정성스레 키우다가 어느 정도 뿌리가 내렸다 싶을 때 밭에 심었단다. 잘 자라고 있었지. 키가 훌쩍 커진 어느 날, 밭으로 내려가는 길에 할머니를 만났다. 옥수수 잘 기르고 있노라 으스대려던 찰나, 벌컥 소리를 지르시는 거야, 옥수수 순지르기를 안 하느냐고. 몰랐다고 하니까, 남들 하는 것도 안 보느냐며 성을 내시더라고. 그때 생각을 했어. '아, 이웃이 어떻게 하는지 늘 살피면서 농사도 지어야 하는구나. 누군가가 이렇게 저렇게 하라 가르쳐주지 않아도, 동네일 도와가며 어깨너머로 배워가야 하는구나.' 마을 사람 모두가 모여서 농사를 지으며 이뤄왔던 두레 문화의 영향은 지금도 무시할 수 없는 시골의 정서지. 누가 얼마나 동네일에 함께하고, 누구네 밭이 농사가 잘되고, 누구는 풀도 베어주지 않는지 지켜보는 것이 시골의 정서구나 싶다.

마을에서는 옆집 숟가락이 몇 개 올라오는지까지 안다. 오밀조밀 붙어 있는 집집마다 어떤 차가 들어오고 나가는지 마을 사람 모두가 알게 되는 데는 오래 걸리지 않지. 우리 집도 다르지 않다. 마을 제일 안쪽에 자리 잡은 우리 집에서 읍내로 가기 위해선 구불텅 시골길을 따라 나와야 한다. 그럴 적에 마을 사람 누구라도 마주치면 얼굴을 내밀고서 인사 나눠야지. 누가 오가나 굳이 들여다보지 않아도 보이기 마련이다. 한 아파트에 20년 살면서 바로 옆집 살던 이웃과 마주친 게 손에 꼽는데, 참 다르지.

얼마 전에 우연히 함께 자리하게 된 분이 자신이 교육받은 이야기를 해주더라. 그때 가장 기억에 남는 이야기가, '시골에 와서 살려면 아는 체하지 마라, 있는 체하지 마라, 잘난 척하지 마라'였다고 해. 살아갈수록 공감이 가는 이야기라나. 시골에 살아봐야만 느낄 수 있는 묘한 정서가 있어. 그 정서로 인해 때로는 하기 싫은 일이지만 하게 될 때도 있고, 하고 싶은 일도 못 하게 될 때가 있단다. 세상에는 변하지 않는 진리가 없다지만 언제 어디서 얼마만큼이나 변할지는 모르는 일이지.

135

시골에 가고자 함은, 보이거나 보이지 않는 곳에 바늘처럼 촘촘히 박힌 고정된 시선을 뛰어넘는 선택이다. 몸은 시골에 살지만 도시 생활의 동경을 아직 놓지 못하는 두 얼굴인가 하는 생각을 얼핏 하며 자칫 이중적인 모습이 될까 봐 에둘러 넌지시 말했어. 아직도 그렇다. 엄마는 살면서 하고 싶은 일을 선택하는 기회가 적었다고 생각해. 어쩔 수 없어서, 주위의 권유에 등 떠밀려서, 하고 싶지 않지만 해야 할 일이기에 가야 했던 많은 순간에 매번 망설였단다. 내가 보는 나와, 남이 보는 나 사이에서 갈팡질팡했었지. 잘하는 것과 잘 못하는 것을 아는 것이야말로 일상에 자신감을 주는 중요한 기점이란 것을 깨닫는다.

너에겐 시골에 가고자 하는, 간절하게 원하는 확실한 이유가 있고, 할 수 있는 일도 가늠해보고 있으니, 말리는 일이 무색해졌다. 아들의 인생에 관여하고자 욕심을 부리고 있다는 생각이 드니 부끄럽기까지 하구나. 하고 싶은 일을 하면 일상이 즐거울 수 있겠다고 자꾸 주문을 건다. 떠밀려 하는 일이 아닌, 스스로 선택하는 삶이라 해도 의욕과 결과는 같지 않을 수 있다는 것만은 꼭 유념하렴.

좋은 인연

아침저녁으로 진동하는 향기에 하던 일을 멈추고 숨을 크게 몰아쉰다. 세월이 제법 흐른 흔적으로 오미자 나무가 무성해졌다. 특히 올해는 꽃이 눈에 띄게 많이 피어 그 향내가 아침저녁마다 발길을 잡는다. 소소한 행복이다. 찔레꽃도 하나둘 피어나기 시작하니 향기는 계속 주변에 머물며 시골살이의 정겨움에 시시때때로 즐거움을 안길 것이다. 집안 살림이라는 것이 끊임없이 사부작거리게 만든다.

그날도 뭐를 하는 중이었는지 바삐 움직이고 있었다. 마당에 있는 막둥이가 짖어서 내다보니 스님이 올라오고 있었다. 초파일이었다. 공양을 함께 드리지 못한 신도들을 찾아 올라오신 거였다. (신도라고 생각지도 않았는데) 검은 봉다리를 건네주시는 스님의 이마에 땀이 송골송골 맺혀 있었다. 사실 오랜 세월을 기독교인으로 살았다. 남편을 교회에서 만났고 결혼식도 교회에서 올렸다. 습관처럼 교회 예배에 출석해 설교를 붙잡고 일주일을 살았다. 큰아이는 중학교 시절부터, 교회에서 성가대 지휘를 맡은 아빠의 훌륭한 반주자였다. 그 세월을 헤아리자면 열 손가락으로 턱없이 모자란다. 하여 어딘가 종교를 적는 난이 있으면 늘 기독교인이었다. 괴산으로 이사 오면서 교회를 정하지 않았지만, 잠시 휴지기라고 생각했다. 그러던 중에 절임 배추 일을 거들게 되었고, 함께 하는 형님이 독실한 불교 신자였다. 알고 지낸 몇 년간 '초파일에 점심(공양)을 같이 먹자'는 이야기가 흘렀지만 형님의 이야기를 들을 때마다 웃고 넘겼다.

돌이켜 생각해보니 인연은 있었다. 큰아이가 초등

학교 2학년이던 여름방학, 월정사를 둘러보았다. 월정사의 지붕이 팔작지붕이네 어쩌네 하면서 아이의 '방학 숙제'를 위한 사찰 방문이 이어졌다. 그 사찰의 한적함이 마음을 고요하게 만들었고, 산사의 풍광이 숙연함을 더해주었다. 주일마다 교회에 출석하며 아이들 방학마다 사찰을 돌았다. 청도 운문사를 찾았던 기억은 남다르다. 하얀 고무신마다 스님 각자의 이니셜이 새겨진 모습은 두고두고 회자되었다. 새벽 4시에 울려 퍼지던 학승들의 불경 소리는 마치 처음 듣는 오케스트라의 묵직한 울림처럼, 경이로움과 함께 진한 여운으로 남아 있다. 그런 인연들이 쌓인 게다. 올해는 스님이 찾아오기 전에 등을 걸러 들렀다. 반색하는 스님의 얼굴이 눈빛으로 말하고 있었다. 좋은 인연입니다.

작은
아
은 이
에
게

농사는
게으름을 허락하지 않아

새벽에 잠이 깼다. 창문으로 스며드는 메케한 흙내가 뜨거운 하루를 예고한다. 우당탕거리며 한바탕 쏟아진 새벽 소나기에 풀더미 속에서 올라오는 냄새도 신경을 거스른다.

  10년 전, 날이 뜨거워지는 7월 초순에 귀농을 했다. 팥시루떡과 "감사합니다" 문구를 새긴 맞춤 수건을 들고 동네를 한 바퀴 돌았어. 집집에 안 계셔서, 만나는 분에게 옆집, 앞집 인사도 같이 부탁드렸다. 인사를 받은 동네 분들이 순차적으로 찾아오시는 걸음이 뜸해질 즈음, 한여름의 복판이었다. 농사지을 밭도 갈아놓기 전이어서 오롯이 뙤약볕 아래, 동네에서 들어오는

140

구불구불한 길을 바라보며 지냈지. 그때 도서관에서 시리즈로 되어 있는 법정 스님의 산문집을 쌓아놓고 읽었다. 스님은 바위에게 말을 걸고, 나무와 바람의 숨결 속에서 충만함을 느끼신다더라. 비우면 맑아진다고, 꽃향기를 들어보라고. 어느 순간, 새소리가 또랑또랑 들리고, 어스름 달빛에 가만히 하늘을 올려다보는 게 편안했단다. '꼭 지긋한 마음으로 농사를 지어야지' 마음먹었었다. 그해 여름을 뜨겁지 않고 분주하지도 않으며 곱게 다독일 수 있었던 건 스님 덕분이었다. 해가 바뀌고 농사일이 시작되면서 소원해지고 잊혀갔지만 말이다.

농사를 지으며 알게 된 '농부'들이 많다. 말은 농부라고 하지만, 엄마 눈에는 모두가 다 부처님 같아. 농부들은 이야기하는 모든 것이 농사에서 비롯된다. 농부로서의 삶을 아무렇지 않게 말하는 것을 들으며 '뼛속까지 농부구나' 내심 감탄한다. 벼농사를 필두로, 소도 대여섯 마리, 씨앗을 넣어 모종을 키우고, 이른 채소를 내기 위한 비닐하우스도 몇 동씩들 감당하시더라. 무릇 농작물을 키우기 위해서는 바람의 순환이 중요해서 하우스도 아침저녁으로 창문을 여닫아야 하고, 상토에 넣은 씨앗은 아침저녁 빠지지 않고 물을 주어야 한다. 농사는 게으름을 허락하지 않아. 농부의 두툼한 손끝은 대개 갈라져 있으며 진한

갈색의 흙물은 가실 날이 없다.

농부들은 도시에서 온 귀농자들과 함께 씨앗을 뿌리고 모종을 심으면서 새 농부를 키우고 있었다. 함께 만들어갈 수 있는 일을 지치지 않고 시도한다. 10여 년의 노력 끝에 친환경 농산물을 위한 가공 공장을 설립하여 일자리도 만들어냈단다. 귀농인이 밭농사를 시작한다는 사실만으로 반색하고, 사소한 농법을 시도 때도 없이 물어보는데 싫은 내색이 없다. 존경스럽고 박수를 보내며 응원을 하지만 사실 따라가기엔 버겁다. 옆에서 지켜보는 누군가 이야기하더구나. 요즘같이 바쁜 농사철엔 처참하게 산다고.

이번에 밭농사를 지으며 깨달았던 건, 농사도 꼭 공부해야 한다는 거야. 훌륭한 농부들을 본보기 삼아도, 열심히 배우지 않고 그저 어깨너머로 따라 하는 농사는 망치기 일쑤다. 양배추가 나겠거니 하며 심은 모종에서 콜리플라워가 나오고, 수확 시기를 잠깐 놓치는 바람에 꽃이 핀 농산물은 어디에도 내놓을 수가 없어.

밭 한쪽에 기른 배추에서 배추벌레가 퍼졌다. 청벌레를 수도 없이 잡아주었지만, 팔랑팔랑 온 밭이 흰나비로 뒤덮였어. 나비들이 대수냐 내버려뒀는데 깻잎까지 망치는 것을 보며 헛

웃음이 터졌다. 그나마 유기농 기능사 자격증을 딴 네 아빠가 있어 참깨 농사는 훌륭히 되고 있다. 가을 태풍이 오기 전에 무사히 수확할 수 있기를 간절히 바라고 있단다. 고라니가 순을 다 따먹는 바람에 다시 심어야 했던 고추도 아래쪽부터 빨갛게 익어가고 있다. 이제 곧 참깨도 베어내고, 고추도 첫물을 따야 한다. 햇살이 따가운 8월에 수확을 해야 하는 고추 농사 역시 만만치가 않겠어. 숨이 턱턱 막히는 더운 날이라도, 뜨거운 뙤약볕 아래 고추가 익어갈 생각에 흐뭇하기도 하단다. 일하기는 힘들고 고되어도 수확의 기쁨은 쏠쏠하다.

그런데 수확도 끝은 아니다. 고구마밭 한쪽에 꾹꾹 눌러 심어 키운 호박을 따서 로컬 매장에 갔더니, 이미 부지런한 농가에서 수북이 내어놓았더구나. 되돌아 가지고 온 호박을 지인들에게 나눌 때, 파는 기쁨보다도 주는 즐거움이 훨씬 크다는 것을 체감하기도 했다. 양배추도 수확이 꽤 많이 되었지만 이미 잘 아는 후배가 물건을 내고 있어. 옆자리에서 경쟁 붙기 싫어서 그저 주변에 틈틈이 나눠주고 있다. 이 또한 배우는 과정이겠지.

밭작물 농사 계획을 촘촘히 하지 않고 무작정 시작했으니 한편의 '실패'는 당연한 결과인지도 몰라. 옥수수 사이사이에

서리태와 팥을 심었다. 불쑥 올라온 순이 풀하고 엉켜 하나하나 손이 가야 한다. 심어놓은 서리태 반은 새가 파먹었는지 빈자리도 수두룩하다. 우리 밭은 우리만의 밭이 아니다. 두더지도 와서 먹고, 힘들게 쳐놓은 그물망이 무색하게 고라니도 와서 먹는다. 다시 비싼 수업료를 내고 배우는 농사가 돼버렸다. 그런데, 어려움을 겪으면서도 언젠가 아들딸이 내려왔을 때 내가 농사 멘토 노릇을 할 수도 있겠단 생각에 '기꺼이'라는 생각이 들기도 해. 우습지?

벌레 물린 자리가 가라앉았나 싶으니, 이번엔 땀띠가 기승을 부리는구나. 고비고비 몸이 고생이다.

귀농 준비물은
따로 없나요?

FIFO(Fun In Fun Out), 재밌는 게 들어가야 재밌는 게 나온다. 회계에서, 먼저 재고에 들어온 재산을 먼저 처리한다는 선입선출법(First In First Out)을 비틀어서 만든 회사의 좌우명이었습니다. 벌써 7년도 넘었네요. 대학교 졸업 전 스타트업을 했습니다. 광고사 인턴 시절에 만난 카피라이터, 디자이너와 함께였죠. 학교도 모두 다른데 세 번의 창업대회에 참가했고, 결국 1등 상을 받으며 일을 키웠어요. 나아가야 할 길이 분명했습니다. 우선 기획서를 써서 창업대회에 나갑니다. 창업대회에서 본선에 진출하면 보통 '멘토'를 붙여줘요. 멘토링을 진행하며, 작은 생각

145

을 현실화할 순서를 정했습니다. 멘토링을 진행하면서 생각들은 조금씩 현실적으로 조정되고 구체화되었어요. 조회수나 '좋아요' 등으로 존재감을 드러내고 투자자들에게 프레젠테이션하고 투자를 이끌어냅니다. 법인화하며 인력을 고용하고 영업하면서 궤도에 안착하도록 안간힘을 씁니다. 한 단계 한 단계 어렵고 힘든 길이지만, 이렇게 구체화된 로드맵이 있었어요. 관련 서적도 정말 많고, 주변에 도움을 구할 곳도 더러 있었습니다. 아무것도 아닌 '생각'에서 구체적인 무언가를 만드는 과정이 정말 즐거웠어요. 그런데 또 다른 창업이자 청년 귀농을 준비하는 지금, 스스로를 위한 기획서를 써보려 해도 성명서나 선언문에 가까워집니다. 벼락치기보다 '차근차근'이 좋아서 미리 그림을 그려보고 싶은데 잘 안 되네요.

요새 하루 3시간씩 운동합니다. 괴산에 있다가 이모 차를 타고 올라오는 중에 얻은 깨달음에서 비롯해요. 이모도 시골살이를 마음에 두신 걸 아니까, 서둘러 내려가시지 않는 이유 등을 묻고 있었습니다. 지금을 충분히 즐기고 계시며, 시골에 간다는 게 큰 변화라서 도시에서의 삶을 마저 만끽하고 싶으시다고요. 그리고 꼭 농사는 짓지 않으시겠다 강조하셨습니다. 어머니 농사지으시는 걸 보면 너무 고되어 보이니 아예 시작을 안

하신다면서요. 꼼꼼히 생각해두신 것 같아 많은 이야기를 나눴습니다. 아직 어리기에 비교적 체력이 좋은 저는 농사지으면서도 하고자 하는 걸 할 수 있지 않겠느냐 물었습니다. 낮에는 밭을 매고, 밤에는 공부하며, 글 쓰고 사업도 하고 싶다고요. 주경야독. 이모는 위인들의 이야기를 가져오는 것은 합리적인 생각이 아닌 것 같다며, 철인이 아니고서야 그럴 수 있겠냐 하셨습니다. 그때 '철인이 되어야겠다' 마음먹었어요. 그래서 새벽같이 요가하고, 아내 출근길에 같이 나가서 뀨를 산책시키고, 돌아와 다시 산에 약수를 받으러 갑니다. 돌아오는 길에 줄넘기 뛰고, 집에 와서는 팔굽혀펴기, 스쿼트, 런지… 닥치는 대로 운동하고 있습니다.

우선 운동부터 해보며 가이드라인을 짜보자 생각했지만, 여전히 뭘 준비해둬야 하는지 감을 잡긴 쉽지 않습니다. 귀농 갈래에 있는 책들도 이것저것 찾아봤습니다. 귀농을 하게 된 이유, 불편함에 익숙해져야 하는 이유 등에 치중되더군요. 건강과 가족, 환경과 교육. 꼭 제 마음 같아서 격하게 고개를 끄덕이며 읽었습니다만 '준비물'에 대한 깨달음을 얻지는 못했습니다. 실용 서적들도 더러 있었어요. 기본 농사법에서부터 농막 짓기, 담벼락 세우기, 약초 고르기 등 시골 살면서 도움이 될 정보들이 참 많았습니다만, 귀농할 예정이나 아직 도시에 살고 있는 제게는 큰 도움이 되지 않았습니다. 지금 도시에서 먼저 준비할 수 있는 게 무엇일지 궁금해요. 그래서 예비 청년 귀농인을 대상으로 하는 강좌도 신청했습니다. 전국귀농운동본부를 아시는지 모르겠습니다. "이 땅의 젊은이들이여! 이제 흙으로, 고향으로, 농촌으로 돌아가자. 가서 땅을 갈고 거름을 내어 씨를 뿌리자"라는 선언을 무려 25년 전에 한 단체입니다. 15명의 청년을 대상으로 9월 말부터 한 달간 수요일과 주말에 진행되는데, 수요일에는 마주한 현실과 귀농 현실에 대한 이론, 생명철학 등 강의가 있고, 주말 세 차례 1박 2일로 농촌 실습을 갑니다. 농촌 실습이야 괴산에서 실컷 할 수 있죠. 아마도 귀농 서적들을 접하며 느꼈던, 나에게 꼭 필요한 정보는 없을 것 같다는 걱정이 지레 들기도 합니다. 그래도 일단 저처럼 고민하는 사람들을 좀 만나보고 싶은 마음이 강해서 신청하게 됐어요.

다시는 실패에 가까운 경험을 하고 싶지 않아요. 사람들 눈에 어떻게 보이는 게 문제가 아니라, 꼬꾸라졌을 때 얼마나 가슴 쓰린지 알아서 그래요. 아무리 많은 시간이 흘러도, 로스쿨을 졸업했음에도 변호사가 아닌 스스로를 생각해보면 슬픕니다. 공부를 그만둔 건 정말 하나도 아쉽지 않습니다. 다만, 오랜 시간 공부한 결과가 못난 꼬리표로 붙은 게 싫은 거죠. 스타트업을 하고도 지금은 '대표'가 아닌 것도 아쉽습니다. 이제 다시는 '실패'하고 싶지 않은 마음에 꼼꼼히 준비해두고 싶습니다. 아무리 준비해도 완벽할 수 없단 것도 잘 알아요. 넘어지는 걸 무서워하지 않고 도전하겠지만, 그래도! 할 수 있는 모든 걸 해두려 합니다.

여태 가이드라인이 있는 삶을 이어왔네요. 어려서는 어머니가 해야 하는 것 하지 말아야 하는 것을 가려주셨으며, 또 교과서가 함께했고, 선생님들이 있었죠. 나이를 좀 먹어서도 주변에 1년에서 10년 위까지 선배들이 있었는데! 늘 곁에 있어 소중한 걸 몰랐던 거죠. 시골에 가고자 마음먹고 나니, 뭔가 '귀농교과서' 같은 게 있으면 좋겠다 싶습니다. 어머니께서 시골 가실 적 마음과 지금의 제 마음이 아마도 많이 다르겠지만, 그래도 당장 물을 데가 따로 없습니다. 어머니가 아직 도시에 살고 계시고, 곧 귀농하시려 한다면 준비해두고 싶은 게 있을까요?

작은
아이에게

먼저 '노나메기' 마음을
배워 왔으면

살갗으로 찬바람이 전해지는 아침저녁이다. 갓밝이에 사뭇 가을 냄새가 나는 듯해. 더위가 한풀 꺾여 일하기가 좀 나을 때인데도 밭일을 생각하면 머리가 지끈거리네. 지난주 참깨를 베어서 밭에 세워놓았다. 가을장마 전에 얼른 마당으로 끌어 올려야겠는데, 하필 이런 때 너희 아빠가 허리를 삐끗했다. 나이가 점점 드는 건지 무섭기도 하고, 한결같이 밭일은 마음 같지 않네.

네가 대여섯 살 무렵, 대구의 큰이모가 우리 살던 산본에 며칠 놀러 왔을 때야. 네가 대구에 가고 싶다고 하니까 이모가 나중에 겨울 되면 같이 가자고 했어. 지금은 더운 여름이지

150

만 눈이 펑펑 오는 겨울이 오면 대구에 같이 놀러 가자고. 그리고 하룻밤을 자고 일어난 네가 뜬금없이 창밖을 가리키며 얘기했지. "이모, 밖에 눈이 펑펑 오는데! 대구 가야겠다!" 그 이야기는 대구 이모가 너를 기억하는 방법이야. 먼저 귀농해서 살고 있는 큰이모에게 네가 조만간 귀농하려 한다는 말을 했더니, 말릴 생각일랑 말라며 돌려주는 이야기더구나. 하고 싶은 일이 있으면 기어코 하는, 넌 그런 아이라고.

무슨 일을 시작하면서 막막할 때, 한 가닥을 잡아 정리하다 보면 감나무에 연 걸리듯 줄레줄레 잡히는 게 있을 거야. 일단 시작하는 게 중요하다. 네가 말한 '농부'로서 써보는 기획서도 좋을 거 같아. 무슨 농사를 어떻게 지을지 먼저 고민해보는 거야. 건강하고 꼭 필요한 작물이 무엇이며, 어떤 성질의 땅이 있어야 하고, 농부가 해줘야 할 일이 뭘까 먼저 공부하는 거지. 그러다 보면 농부의 삶을 어렴풋이나마 배우게 될 거야. 꼭 지금 농사짓지 않더라도 도시에서 충분히 해낼 수 있는 일이네. 괴산에서 농사를 짓고 있는 농부의 입장에서 작물 추천 정도야 해줄 수 있겠지만 그것 자체도 스스로 조사해서 고르는 편이 더 보람찰 거다.

혼자 끙끙거리기보다 먼저 고민한 사람들의 도움을 구하

려 한다니 반가워. 조금만 찾아봐도 농사 교육 프로그램은 많이 있을 거다. 이곳 괴산에도 몇 군데 있단다. 한 달 살기 프로그램도 있고, 청년 귀농을 돕는 법인도 있어. 특히, 지금 네가 받고자 하는 교육이 체계적인 농사 방법이나 농산물로 상품을 구성하는 방법뿐 아니라 농사에 대한 철학을 함께 배울 수 있는 곳이라니 더할 나위 없겠다. '유기농'은 생각하는 것보다 훨씬 고되다. 특히 소농이 하는 유기농은 더 그렇지. 제초제를 멀리하고 화학비료를 안 주는 것에 그치는 것이 아니라, '땅을 살리는 농사'이며 생명 농업이라는 믿음이 힘들고 고된 것을 이겨나갈 바탕이 되었으면 좋겠다.

유기농을 하다 보면 '인증' 단계를 거치기 마련이다. 인증이 없으면 가짜요, 알아달라고 말을 꺼낼 수도 없지. 그런데 이 인증이란 게 소농민들에겐 빛 좋은 개살구다. 많은 서류들하며, 검사들을 어렵게 어렵게 통과해봐야 귀찮은 일들만 더 생기지. 참으로 유기농인지 속속들이 검사하겠단 취지에 아주 딱 맞게 구성되어 있다. 문제는 그렇게 인증을 받아봐야 제값 받고 팔기가 불가능에 가까운 거지. 유기농 인증을 받았으니 '더 좋은 상품입니다' 홍보를 빵빵하게 할 수 있으면 모를까. 게다가 팔 물량도 시원치 않다. 많은 주변 소농들이 식구들과 먹을 작물들을 화학비료 없이, 제초제 없이, 순 유기농으로 기른다. 작황이 좋으면 그저 아는 사람들에게 물어물어 파는 수밖에 없지. 관행농이라고 하지? 많은 농부들이 유기농이 좋은 줄 몰라서 안 하는 게 아니야. 그렇게 하면 힘만 더 들고, 손에 남는 건 더 적어지니 그러는 거다. 특히나 소농들은 더 하지. 손에 뭣이 남든 유기농만 한다는 고집은 바보 소리 듣기 딱 좋다. '그럼에도 불구하고' 유기농을 지속하기 위해서는 흔들림 없는 신념이 우선되어야 한다.

너에게 바람이 들까 봐 따로 말한 적 없지만, 주변에 성공한 청년 농부들도 적진 않다. 최근에야 알게 된 ㄴ 씨는 농부 유튜버란다. 소소한 취미 생활이나 되는 줄 알았는데, 아주 단순한 농산물 보관 방법만도 몇십만 명이 찾아 본다니 깜짝 놀랐지. ㄴ 씨는 초등학생인 아이들과 함께 살아. 꼭 도시에서 학교를 다닐 필요 없다고 판단하고 미련 없이 귀농을 결정했다더라. 그 친구 남편은 인근 도시에서 직장 생활을 하다가 귀농 5년 만에 직장을 접고 함께 농사를 짓고 있단다. 속속들이 안다고는 못 하지만, 인터넷을 활용한 뛰어난 판매 실적을 가늠해본다. 괴산에서 유명한 청년 농부 ㄷ 씨도 있다. 아버지와 사과 농사를 같이 하면서 괴산에서 제일 먼저 사과 '브랜드'를 만들었어. 농촌에서 보기 드물게 상품 디자인에 거금(?)을 투자해서 만든 매끈한 사과 브랜드야. 그 얼마간은 괴산에서 하는 크고 작은 모임 어디에서든 그의 브랜드 이야기를 하곤 했단다. 온라인에서 인기몰이를 하면서 명성을 단단히 했지. 직접 만난 적은 없지만, 지역신문을 통해 알게 된 농부 ㄹ 씨도 있어. 삼십 대 부부인데 도시에서 맞벌이를 하다가 이제는 괴산에서 표고버섯 농사를 열심히 하고 있다고. 이렇게 자리를 다져가는 청년 농부들도 많다. 내가 그 나이였다면 이렇게 도전해볼 마음이 들까. 내가 너의 나이였다면 그럴 수 있을까. 가끔 너의 도전이 새삼 대견하기도, 또 부럽기도 해. 물론 네가 저런 선배들처럼 잘되리란 보장은 없지만, 그렇게 되지 말란 법이 있는 건 또 아니니까. 그 뒷면에 반드시 땀과 정성이 있어야만 가능하다는 것은 충분히 알겠지.

'노나메기' 정신이라고 들어봤니. 온몸의 힘을 박박 긁어낼 때 흘리는 박땀, 안간땀, 피땀. 그렇게 흘린 땀만큼 서로서로 잘 살았으면 좋겠다는 마음이 노나메기란다. 농사란 게 그렇더라. 꾀를 내어서 땀을 덜 흘리고 더 많은 열매가 돌아오면 좋겠다는 마음으로는 애초 시작하면 안 되는 거지. 박땀 흘려가는 농부들을 보면서 '나 혼자 뻔뻔치가 되면 안 되겠다' 매일같이 다짐해. 농부가 되고자 하는 아들이 먼저 노나메기 정신을 익히고 왔으면 좋겠다 싶어. 어렵고 힘들더라도 남의 것을 부러워하기보다 기꺼이 땀 흘리고자 하는 마음은 꼭 익혀 왔으면 하는 바람이다.

그래서 더 가까이 살고 싶은
마음입니다

언젠가부터 자꾸 '삐끗했다', '앓았다', '아팠다' 하시는 것 같습니다. 미리 말해봤자 걱정만 시킨다며, 꼭 회복세에 접어들면 알려주십니다. 부모 마음을 자식이 어찌 다 헤아리겠습니까. 그래도 바로 말해주세요. 괜찮은 줄만 알고 있다가 갑자기 늙은 엄마 아빠를 만나게 될까 봐 조마조마합니다.

올 초, 아버지께서 화들짝 놀랄 만한 소식을 전해주셨죠. 얼마 전에 심장 정기검진을 받으러 다녀오셨다고요. 아무래도 심장 수술하신 지 20년이 넘은지라, 본래 담당 주치의가 은퇴하시고 젊은 의사가 새 주치의가 되셨다 했습니다. 그런데 새 주

159

치의는 아버지의 상태를 걱정스럽게 생각한다고요. 심장의 기능이 많이 떨어져 있어서, 제세동기 삽입술을 권했다 하셨습니다. 그래서 오는 4월에 다시 검사해보고 그때도 같은 의견이면 수술을 하자고요. 아버지께서는 '4월까지 열심히 운동해서 수술할 일 없도록 만들겠다' 하셨습니다. 그럼에도 아버지는 본인이 언제 떠날지 모르니 마음의 준비를 하라셨죠. 20여 년 전, 심장 수술을 받을 적에 운이 좋아 살 수 있었다고, 지난 세월을 하루하루 보너스 받는 기분으로 즐겁게 살고 있다고 하셨습니다. 그래서 일흔이 되시면 큰 무대에서 축하 공연을 하겠다고, 꼭 그때까지 살 테니 각자 한 곡씩 준비하라 말씀하셨습니다.

한 달 전쯤에는, 레이가 반파될 정도로 큰 교통사고가 있었다고요. 비보호 좌회전 중에, 빠르게 오는 덤프트럭을 미처 보지 못하고 충돌한 사고였습니다. 다행스럽게 양쪽 에어백이 터져서 다치신 데 없다며 웃으면서 말씀해주셨습니다. 몸이 놀라서 꼼짝을 못 했고, 응급차에 실려서 병원에 가셨다 했어요. 왜 한참 지나서야 말씀해주시냐고 타박하니, 말한다고 뭐가 달라지느냐고, 후유증도 하나 없으니 걱정 말라 하셨습니다.

어떻게 걱정을 그칠까요. 생로병사는 필연적인지라 걱정해서 달라질 수 있는 게 아닌 건 압니다. '메멘토 모리(Memento

mori)', 죽음을 기억하라는 의미의 어구라 합니다. 사람은 죽음
이 예견되어 있는 존재이니, 하루하루 즐겁게 살라는 의미로 죽
음을 기억하고자 해요. 어머니 아버지의 빈자리를 상상하고 싶
지 않지만, 말씀하셨던 것과 같이 준비하고 있습니다. 언제고
떠나실 적에 엉엉 울고 싶지 않습니다. 그래서 더 가까이 살고
싶은 마음입니다. 아프시지 않고, 늘 즐겁게만 사셨으면 좋겠습
니다.

모두가 바쁘게 지내는 시절이기에
무던히 견뎌냈다

아버지가 최근 병원에 간 게 정기 검사는 아니었다. 괴산 집에
있다가 갑자기 가슴을 부여잡고 안절부절못했단다. 20년 전 일
이 생각나며 덜컥 겁이 났지. 일상에서는 잊고 살았는데, 심장
이 하나둘 나이가 더해지면서 활력이 떨어졌다더구나. 몸에 조
금 무리가 가면 어김없이 어디에서건 신호가 온다. 응급으로 주
치의가 있는 세브란스 병원에 연락을 하고 치료를 받았다. 응급
실 밖에 있는 시간은 더디 갔다. 누군가에게 연락을 하고 위로
받고 싶은 생각이 들기도 했지만 모두가 바쁘게 지내는 시절이
기에 무던히 견뎌냈다.

병원 침대에 누워 있는 아빠보다야 더하겠는가 싶었다. 호들갑스럽게 너희들에게도 알리고 싶지 않았어. 너희들 삶도 녹록지 않아 부담을 주는 거 같았단다. 늙어가는 것이 자연의 순리이고 이치인데 부산하게 만드는 것이 싫었어. 굳이 응급실에 들어가기는 했어도 더 험한 일은 없을 거라는 막연한 믿음이 있었다는 게 더 맞을지도 모르겠다. 부모 된 우리가 늙어왔기에 너희들이 그만큼 장성한 거 아닌가 생각한다. 섭섭해하지 말거라. 늙어가는 것이 서럽지 않고 너희가 잘 살아주는 것이 한결 고맙단다.

농사일은 할 수 있는 만큼만 하기로 작정했다. 살아 있는 날이 선물이라더구나.

인간도
자연의 일부임을

∴

　　세월은 살같이 지나 심근경색으로 쓰러져 '관상동맥우회술'이라는 큰 수술을 받은 지도 이제 20년이 훌쩍 지났다. 20년 넘게 병원을 드나들면서 '죽음'을 생각했는데, 그것은 누구도 피해갈 수 없는 '삶'의 한 부분임을 깨달았다. 생로병사. 누구나 태어나 늙어가며 병들고 종래 죽는다. 거부할 수 없는 자연의 이치. 천년만년 같이 살고 싶지만, 이별은 언제고 닥치는 만고의 진리다. 이렇게 생각하는 아빠기에 할아버지 할머니 떠나보낼 적에도 덤덤히 자리를 지킬 수 있지 않았나 싶다.

이곳 괴산에 내려와 살면서, 봄에 새싹이 돋아 꽃이 피고, 여름에 무성한 들풀들의 모습과, 가을에 열매를 맺어, 겨울에 스러져가는 자연을 온몸으로 느끼면서, 인간도 다름 아닌 자연의 일부임을 깨닫는다. 살아 있는 동안 오늘 하루를 행복하게 살아야 하겠구나. 좋아하는 일, 하고 싶은 일, 하면 행복한 일을 하면서 살아야겠다는 생각을 하였다. 그래서 예전부터 하고 싶었던 일을 바로 실행하였다. 배낭을 메고 유라시아 대륙을 횡단하였다. 당장 악기(클라리넷, 색소폰)를 구입하여 배우고, 시골에 내려가 집 짓고 마음껏 악기 연습도 하였다. 땀 흘려 농사지어 장터에서 팔아도 보고, 그것을 가공하는 식품제조업도 창업하였다. 식품 가공 공장을 짓고 그곳에서 각종 제품을 생산하여 인터넷을 통해 판매도 하여보았다. 좋아하는 수제 맥주도 직접 담가 마시고, 마당에서 바비큐는 물론, 화덕에 피자도 직접 구워 먹는다.

그렇게 하루하루 행복하게 보내고 있었는데, 얼마 전에 심장 상태가 악화되어 다시 위기를 맞았다. 그러나 잘 극복하여 지금은 상태가 많이 호전되었다. 매일 운동하며 건강관리를 열심히 하여 그 어느 때보다 몸 상태가 아주 좋다. 처음에는 주치의가 인공심장박동기 수술을 권유하였으나 1년이 지난 지금은 그렇게 강권하지는 않는다. 내가 지금 죽어도 여한은 없다. 생각해보면 그동안 하고 싶은 일 얼추 모두 해보지 않았을까 생각된다. 조금 더 나에게 여생이 허락된다면 너희들과 함께 연주회를 해보고 싶구나. 이곳 괴산 연주회장을 빌려 그동안 나와 연을 맺은 지인들을 초대하여 칠순 잔치로 재즈 공연을 한바탕 멋지게 하고 싶다.

네가 귀농하고 싶다고 했을 때 걱정되었다. 어떻게 먹고 살려고? 그러나 너희들의 삶에 대한 생각과 귀농에 대한 여러 가지 계획들을 듣고 나서 생각을 바꿨다. 너희들의 행복한 삶을 위해 귀농 또한 훌륭한 선택이 될 수 있다고 생각했다. 아무쪼록 모든 것을 치밀하게 계획하여 성공한 삶이 되도록 하거라. 아빠는 그 어디에 있든 늘 너희를 응원하겠다.

아직 어머니 눈매엔
불씨가 있어요

벌써 고추 수확 철이네요. 어머니 아버지 힘에 부치시진 않을까 걱정됩니다. 밭에서 몇 번이나 앉았다 일어서야 할까요. 고추가 줄 맞춰 매달려 있을 리 없으니 매번 앉는 깊이도, 무릎 각도도 달라져야겠죠. 베어놓은 참깨는 외발 수레에 싣고 올려놓으셨겠어요. 밭고랑 사이를 외발 수레로 휘젓고 다니다 보면 허리 근육이 어디에 어떻게 붙어 있는지 느낄 수 있을 정도로 힘들던데. 높이 솟은 아로니아 가지를 쳐줄 적에 얼마나 어깨가 무거우셨을까. 밭일을 하고 있자면, 농부는 도대체 얼마나 튼튼해야 하는 건가 싶습니다.

167

아버지께서 다시 허리를 삐끗하셨다고요. 1년여 전에도, 두어 달 전에도 아버지 허리 다치셔서 고생하셨는데 걱정이 큽니다. 어머니 무릎도 걱정이에요. 얼마 전 괴산에 갔을 때 식탁 옆에 있는 관절영양제를 보고 '세월'을 느꼈어요. 생전 영양제 같은 건 관심 없으시던 어머니가 얼마나 무릎이 아프시면 찾아드셨을까. 운동 챙겨 하시고 식단 관리도 하시는 모습을 보고 막연히 '괜찮겠거니' 했네요.

2012년, 누나도 저도 아직 도시에서 학교 다닐 적인데, 어머니 아버지는 괴산으로 귀농하셨죠. 그렇게 누나랑 둘이 도시에 남게 되었을 때 누나랑 그런 이야기를 한 적 있어요. 이제 우리 부모님이 옛날 같았으면 운전하지 말라는 소리 들으실 정도로 나이를 드셨다고. 요새야 워낙에 오래들 사시고, 세상 좋아져서 옛날 같지는 않지만 세월이 벌써 그렇게 됐다는 이야기였어요. 누나와 함께 괴산에 가면 엄마는 아빠보다 자식 생각을 먼저 하시는 게 눈에 보입니다. 아빠에게 데려다달라 말하라고 꼭 누나 옆구리를 찌르시죠. 그렇게 아버지 차로 함께 올 때면, 바리바리 싼 반찬 꾸러미를 꺼내십니다. 그렇게 어머니도 함께 온 날이면 냉장고 정리까지 싹 해주시고 가셨죠. 싸다주신 반찬 차려놓고 먹을 적에, 누나와 나눈 이야기일 겁니다. 이제는 아무리 괜찮다고 하셔도 우리 엄마 아빠한테 부담스러울지도 모르는 일을 당연하게 생각하지 말자고.

넷플릭스 드라마 시리즈 〈그레이스 앤 프랭키〉를 아시는지 모르겠습니다. 함께 살게 된 두 노인의 이야기예요. 프랭키와 그레이스는 서로 너무 다른 성향의 사람입니다. 프랭키는 자유분방한 화가이며, 대마초를 즐겨 피우는 히피 같은 사람입니다. 반면 그레이스는 성공한 여성 사업가이며 매우 의욕적이고 흐트러짐 없는 사람이에요. 둘에겐 두 사람의 남편이 같은 회사에 다닌다는 공통점이 있을 뿐이죠. 그런데 남편들끼리 눈이 맞아, 두 사람은 동시에 이혼에 이르러요. 프랭키와 그레이스는 남편들의 공동명의로 되어 있던 해변가 별장을 서로 차지하겠다며 투닥거리다가, 동지애와 서로에 대한 연민을 느껴서 그 별장에서 함께 살게 되죠.

두 사람은 그렇게 많은 일을 함께 하게 됩니다. 프랭키의 아이디어를 활용해 여성 노인을 타깃으로 한 사업까지 시작하죠. 그런데 한번은 두 노인이 모두 거실 바닥에 누워버렸습니다. 허리를 삐끗한 프랭키를 그레이스가 일으켜주려다가 둘 모두 허리를 삐끗해 그냥 드러눕게 됐죠. 그날 오후에는 사업을 위한 투자자 미팅이 있었습니다. 드러누운 둘은 마음이 달랐습니다. 그레이스는 꼭 가야 한다 하고, 프랭키는 못 가겠다며 약속을 취소하자고 해요. 그래서 전화기를 향한 뒤집힌 거북이들의 경주가 시작되었죠. 서로 드러누운 채로 밀고 당기고 합니다. 그렇게 미팅에 가고자 하던 그레이스가 먼저 전화기를 잡아채요. "내가 이겼어!" 그러고 한참 있다 울먹이며 말합니다. "나 정말 왜 이 모양이니. 바닥서 벌벌 기면서 사업은 무슨 사업…. 어느새 이렇게 늙었다. 어렸을 적 뒤뜰에 큰 떡갈나무가 있었지. 다른 애들보다 훨씬 빨리 나무를 탔어. 그 꼭대기에 올라가서 그치들 내려다보는 기분이 정말 좋았지. 그 위에 서면 못 할 게 없는 기분이었거든. 내 마음은 지금도 그날의 소녀 같은데, 하루가 멀다고 이 몸뚱이는 나이를 먹고 있네. 매일같이 몸은 나한테 나이를 먹고 있다고 말해줬는데, 오늘 처음 그 말을 들은 기분이야." 프랭키가 대답합니다. "그 소녀 어디 안 갔어. 내 눈엔 보여. 씩씩거리며 구박하는 모양새며, 전화기 잡으려고 안간힘 쓰는 모습에서도 보인다고. 지금도 그때처럼 나무를 타잖아. 나무가 다른 걸로 바뀌었을 뿐이지."

예전의 어머니 모습이 생각납니다. 수리산 자락에 쓰레기 소각장이 들어선다고 할 때며, 멀쩡한 초목 베어서 철쭉 동산 만든다 할 때도 가만히 있지 않으셨죠. 뜨거운 마음으로 환경

운동을 하신 덕에 20년이 지난 지금도 어디 가면 '조금숙이 아들'로 불립니다. 쓰레기 종량제나 음식물 분리수거나 어머니께서 활동하신 부분에서 성과를 거둔 것도 많죠. "집에 엄마가 없어서 미안하다"라고 늘 말씀하셨지만, 그때 어머니의 눈매엔 불씨가 아른거렸습니다. 요새 부쩍 여기저기 아프셔서, 제가 너무 늦게 가는 건 아닌가 생각도 듭니다. 그런데 오랜 시간이 흐른 지금도 어머니 눈빛은 여전하십니다. 활동가에서 농부로 거듭나시는 중이죠. 자치활동으로 할머님들께 한글 가르치시고, 노래 교실도 하시고요. 최근엔 성평등 강사 교육도 받으시잖아요. 괴산에 가신 이후로도 눈매에 불씨가 있습니다. 백기완 선생님의 소설 《버선발 이야기》에 어머니에게 딱 어울리는 표현이 있더군요. "엄마의 눈매에 느닷없이 불씨가 일더니만 무지무지 얼음덩어리를 다 녹이셨다."

10년 전, 도시의 삶을 내려놓고 과감히 시골로 거처를 옮기셨죠. 익숙한 것에서 벗어나는 도전은 대개 한 번조차 어려운 일인데, 어머니는 얼마나 많은 도전을 하셨는지요. 시골에 가시게 된 게 온전히 어머니의 선택은 아니었을지 모르지만, 장소 불문하고 자기 뜻을 펼치시는 모습을 보며 많이 배웁니다. 힘에 부치시는 일이 있다면 제가 곁에서 힘이 되어 드리겠습니다. 끊임없는 어머니의 도전을 응원하면서, 또 어머니의 새로운 도전을 기다립니다.

그 소녀 어디 안 갔어요. 내 눈엔 보여요.

널 보며 배웠다,
할 수 있는 일을 찾아 하는 마음

가을이 성큼 마당으로 들어왔다. 뒤늦게 달린 방울토마토의 붉은빛이 언뜻언뜻 보이고, 뒹굴고 있는 늙은 호박은 누런색을 자랑스럽게 내보이는구나. 꽃무릇이 이제야 꽃을 피우기 시작한다.

며칠 전 빗소리에 잠을 깼다. 가을장마라더니 거칠고 세찬 소리는 나이 많은 반려견 '얼이'를 낑낑대게 한다. 데크 위 차양을 뚫어버릴 기세다. 근 4, 5년 전부터 이상한 날씨들을 피부로 절감하고 있다. 섭씨 35도를 넘나드는 이상 고온이 열흘이나 계속되어 아로니아 열매가 나무에 달린 채 바싹 말랐던 해가

173

있었다. 작년에는 하루도 빼먹지 않고 54일간 비가 내렸어. 어찌나 오래 오던지 달력에 찍어가며 세어봤어. 그렇게 어렵게 달린 열매들은 모두 떨어지고, 밭에 심었던 들깨가 한 포기도 남지 않고 녹아버렸단다. 동네 사람을 마주치면 이게 바로 아열대 기후 아니냐고 입을 모았다. 하늘에 기대어 농사짓는 농부는 이상 기온에 노심초사 애를 태운다.

이제 날씨가 예전 같지 않다는 데에는 모두가 공감하는 것 같다. 20년 전에 처음 '엘리뇨'니 '라니뇨'니 지구온난화라는 말이 뉴스에 나왔을 적에는 모두가 갸웃했어. "겨울이면 이렇게 추운데 온난화는 무슨 온난화?"라고 했었지. 엄마는 무서웠어. 언젠가 네가 다 컸을 때 엄마로서 떳떳하지 못할까 봐서. 그렇게 할 수 있는 걸 찾아보기로 했다. 그때부터 엄마의 머리는 쇼트커트가 되었단다. 세제도 물도 덜 쓰기 위해서 가장 쉽게 할 수 있는 일이라 생각했거든. 환경을 위한 생활실천 소모임도 꾸렸다. 하나둘, 생활 습관을 익히던 중에 아파트 분양이 되어 산본으로 이사를 했지. 10월부터 입주를 시작했지만 우리 집은 네 누나 방학하는 날에 맞춰 12월에 이사를 했다. 네 나이 네 살이었지. 5층 아파트의 3층에 살다가 25층 아파트의 14층으로 이사하니 1층에서 엘리베이터를 타고 올라가는 시간이 꽤나 길게 느껴지더구나. 입주자들 모두 서먹서먹했지. 그래서 엘리베이터에 방을 부쳤다. "1402호인데요, 차 한잔 하실래요?" 그날, 집에 있는 모든 잔이 다 나와야 했다. 그 일을 계기로 라인 반장을 떠맡게 되었다. 그러다 아파트 사람들한테 수리산을 밀어서 소각장을 착공한다는 소식을 들었어. 군포에는 소각장 건립 반대운동이 일었다. 그즈음, 길거리 현수막에서 "시민 주주를 모십니다"라는 안내를 보고 지역신문사를 찾아갔고 기꺼이 작은 후원을 시작했다. 지역의 현안이 심각한 만큼 신문사에서는 생활실천단 모임을 꾸렸다. 생활실천단은 쓰레기 소각장 문제를 마주하며 환경 단체가 되어갔다. 처음엔 그저 머릿수 하나 채워준다는 마음이었지. 네 살 먹은 아이 손 잡고 참석하기 시작했어. 소각장 건립 반대 운동은 "우리가 쓰레기를 줄일 테니 소각장은 필요 없다"라는 주장과 함께였다.

지역신문사의 생활실천단 모임원으로서 쓰레기를 줄이기 위해, 배출되는 쓰레기 중량을 기록하는 일부터 했어. 분리수거한 쓰레기를 종이는 종이대로, 플라스틱도 따로따로, 병과고철도 분리해서 일주일 간격으로 중량을 기록하여 한 달간 얼마만큼의 쓰레기가 배출되는지 통계를 냈단다. 또한 젖은 쓰레기를 태울 때 독소가 나온다고 해서 물기가 있는 음식물쓰레기

분리배출을 시도했다. 무엇이든 간에 처음 실시할 때는 준비할 것도 많고 시행착오도 겪기 마련이지. 음식물 분리수거 시범단지를 만들어내고 다른 단지도 참여시키기 위해서 아파트 부녀회나 동대표회를 찾아다니며 설명회를 했다. 모인 음식물 쓰레기를 활용할 수 있는 사료 공장을 찾아 멀리까지 견학을 가기도 했다. 그런 과정을 거쳐, 네가 말한 작은 성과를 거두기도 했지. 시 전체가 음식물 분리수거를 시작하게 만들었으니까. 해야 되는 일이라고 판단했으니, 그 일을 내가 먼저 시작해보고 널리 알리는 것이 내 역할이라 생각했다. 흔히 말하는 환경운동이었지. 엄마는 '소각장통'으로 불리는 게 아닌가 싶을 만큼 아파트 주민들을 만날 때마다 소각장이 어떻게 되는지 질문을 받곤 했어. 남들은 궁금하기는 하지만 하고 싶지 않은 일, 그 일을 왜 그렇게 열심히 했는지 참, 옛날 일이다.

사설이 길었다. 네 얘기에 가슴이 먹먹해져 한참을 옛 생각에 빠져 있었네. 오늘 너의 응원에 기대어 꼭 하고 싶은 이야기가 있구나. 요새 뉴스 보기가 마뜩지 않다. 누군가의 아내와 딸을 대상으로 하는 판결이 도저히 납득이 가질 않는구나. "왜 분노하지 않는가"라고 말한 존 커크 보이드가 자꾸 떠오른다.

괴산에 사는 일개 농부는 '사법 정의'를 위해 어떤 일을 할 수 있을까. 너의 편지를 보기 전까지 참 주책이라고 생각했다. 그런데 옛날 생각을 해보니, 그때도 크게 다르지 않았다. 산본에 사는 한낱 '애 엄마'였어. 할 수 있는 일을 하나둘 찾아 실천하다 보니 어느새 환경운동을 하고 있었지. 나이를 많이 먹었다고 그저 지켜만 보고 있어야 할까. 뭘 할 수 있을지 아직 모르겠지만 말이야. 처음에 네가 시골에 온다고 할 때, 시골에서 무슨 일을 할 수 있을까 막연히 생각했었어. 그런데 널 보며 다시 배웠다. 언제 어디서든 할 수 있는 일은 있다는 걸.

비 젖은 길에 홀로 켜 있는 가로등을 보며, 엄마도 할 수 있는 일을 찾아보려 한다. 붉은 고추가 마지막 빛을 더해가고 있다. 가을이다.

용감한 어머니 곁엔
아버지가 있었는데 말이죠

어머니는 항상 용감하셨죠. 그리고 그런 어머니의 곁에는 아버지가 있었습니다. 자식들은 부모님을 바라볼 때 '둘이 영혼의 단짝이었으면 좋겠다' 하는 마음이 어느 정도 있다 해요. 제가 본 어머니 아버지는 단짝보다 동지라는 말이 더 어울립니다. 넓은 바다에 떠 있는 조각배에 함께 탄 동지. 모진 시절에 교회 선후배로 만나셨다 했죠. 어머니는 아버지가 〈운명〉 교향곡을 들으며 눈물 흘리는 모습에 반하셨다 했습니다. 이렇게 감동할 줄 아는 사람이라면 함께 행복하게 살 수 있으리라 믿으셨다 했죠. 그 눈물에 속았다며.

178

어머니가 아버지와 싸우고 난 후 어머니께 들었던 아버지의 모습을 생각해보면, 사실 귀여운 할아버지의 모습입니다. 이해 못 할 게으름, 누구에게든 어려운 말을 잘 못 하는 부끄럼, 같이 사는 사람을 배려하지 않는 듯한 묘한 집중력과 특유의 씩씩거림. 아버지를 대하는 어머니의 입장이 얼마나 답답할까 싶으면서도, 또 은근하게 아버지 편을 들어주는 아들입니다.

초등학생 시절에 한번은 아버지가 어머니 몰래 캠코더를 홈쇼핑에서 사셨어요. 그런데 이게 가족 여행 때 쓰려고 사신 건데 '몰래'가 될 수 있습니까. 어머니가 보시고는 큰돈 쓰는데 같이 사는 사람한테 한마디 묻지도 않았다며 화를 내셨죠. 아버지께 여쭤봤어요. "어차피 어머니가 알게 될 텐데 왜 묻지 않고 지르시나요." 아버지는 물어보면 절대 못 사게 되니, 일단 사서 얼마나 좋은지 보면 이해해줄 거라 생각하셨다 했죠. 카펫도 색소폰도 그리고 괴산으로 귀농 가신 것도 어쩌면 같은 맥락에 있지 않을까 생각해봅니다. 아버지 혼자 곰곰이 생각해보시고 꼭 '하고야 만다'는 마음이 일면, 어머니가 무르실 수 없게 준비 다 해놓으시고, 짜잔!

어느 해인지 12월 31일, 아버지와 함께 술을 잔뜩 마시고 이야기를 나눈 적 있습니다. "저는 아버지가 제게 그런 것처럼 제 아이에게도 꼭 그런 훌륭한 아버지가 되고 싶습니다만, 제 아내에게는 훨씬 자상한 남편이 되어야겠다 생각합니다!" 하니 아버지는 깔깔 웃으시며 "야! 너가 한번 해봐라" 하셨죠.

　얼마 전부터 아내가 (코로나로 인한) 장기휴가를 받았습니다. 그래서 두 달 가까이 24시간 하루 종일 딱 붙어 있어요. 주변에선 좋겠다며 부러워합니다만, 마냥 좋지만은 않습니다. 무라카미 하루키가 결혼을 말하기를, "좋을 때는 정말 좋다"라고 했다죠. 좋을 때가 많은 결혼이 되어야 한다며 누군가의 결혼식에서 축사를 해줬다 합니다. 귀농하면서 아내와 온종일 함께 일하는 것을 꿈꿨는데, 붙어 있다 보니 이것저것 불편합니다. 픽셀 단위로 틀어진 것을 골라내던 디자이너 아내는 그 눈으로 유리잔의 얼룩을 잡아냅니다. 나눠 하던 설거지도 도맡아 하겠다 합니다. 제가 하면 두 번씩 해야 한다며 애초에 자기가 하겠대요. 저는 아내가 해준 요리라면 늘 맛있게 먹어주는데, 아내는 제가 땀 뻘뻘 흘리며 볶음밥을 해와도 "짜네" 한 마디뿐이에요. 가령 맛이 없더라도 맛있게 먹어주면 좋겠다는 말에는 그러면 요리가 늘지 않을 거라며 개선점을 찾아 조목조목 이야기해주는 아내입니다. 이렇게 쓰는 중에도 옆에서 사전검열을 하고 있어요. 검열을 한번 받으면, 어떻게든 다르게 써야합니다. 하고 싶은 걸 하고자 하는데, 같이 사는 사람이 있어서 불편한 마음. 이제 아버지가 했던 말을 조금이나마 이해합니다.

함께 살다 보면, 7년이나 연애하면서도 못 보던 모습들을 봅니다. 괜한 걱정이 쌓여요. '귀농해서 시골에 살 때는 어쩌려고 저리 까탈스러울까!' 아내도 불편해하는 점이 많이 있습니다. 제가 그렇게 잔소리를 하더라고요. '운동해라', '책 읽어라', 할 때까지 계속 잔소리를 한다며 질색을 해요. 귀농할 생각에 마음이 바빠 하는 말인데, 듣는 사람 입장에서는 그게 다 잔소리입니다. 마음 상하는 일이 있으면 하루 종일 꿍해 있는 제가 속이 좁다고도 하고, 해야겠다는 게 있으면 어르고 조르고 성내기까지 하다가 그래도 못 하게 하면 토라지니까 결국 '지 하고 싶은 건 다 하고 살겠다'는 거 아니냐면서 속 터져합니다.

이렇게 아내도 저도, 함께하는 삶에 대한 불편함이 있습니다. 혹시 더 바빠지고 더 힘들어져서 서로에게 더 소홀해지면 어쩌나요. 신혼이라는 '버프'를 등에 업고도 붙어 사는 게 불편한데, 시골살이를 시작하게 되면 어찌 될까요. 귀농이란 불편함과 어색함을 찾아가는 일이리라 생각하는데 아내는 까탈스럽게 굴고, 저는 계속 잔소리만 하게 되면 어쩌나 싶어요.

결혼에 대해 어머니께서 해준 이야기가 있습니다. 사람은 몸도 마음도 생김새가 제각각인지라 다른 사람 둘이 모여 살면 불편한 것 투성이일 거라고요. 편하게 살고 싶으면 그냥 혼자 사는 것이 평화롭고 좋을 거라며 '그럼에도' 함께하고 싶은 사람이 있을 때에 결혼하는 거라고요.

요새 생각해보니 둘은 혼자서는 할 수 없는 일들을 할 수 있게 합니다. 어머니의 '용기' 역시 아버지가 곁에 있다는 든든함이 한몫하지 않았을까요. 사실 제가 귀농하려는 결심에도 아내에 대한 믿음이 바탕이 되어 있습니다. 어떤 일이든 함께 잘 헤쳐나갈 자신이 있는데! 아내를 가만 지켜보고 있자면 아내도 과연 귀농해서 행복할 수 있을까 싶어요. 저는 옆지기로서 어떻게 행동해야 할까요. 어머니는 하루 종일 아버지와 붙어 계시면서 불편하지 않으신 건지요. 무얼 믿고 과감히 귀농을 결심하셨습니까.

같이 사는 불편함을 넘어
서로의 버팀목으로

사람이 다른 사람을 대할 적에 어떻게 대해야 하는지, 네가 모른다고 생각하지 않는다. 꼭 그렇게만 옆지기를 대하면 된다. 사랑하면 사랑한다, 미안하면 미안하다, 고마우면 고맙다, 서운하면 서운하다. 또 자기 이야기만 하기보다, 상대방 이야기를 잘 들어줄 수 있는 사람이면, 훌륭한 옆지기겠지. 이런저런 이야기를 하자면 밤새워도 할 수 있겠다만, 함께 사는 사람이 어디가 불편한지 먼저 살피고, 즐겁게 해주겠다고 다짐하는 자세면 충분하겠다.

가슴 아픈 현실을 담은 영화를 보지 못하는 너였다. 마음

불편해서 보지 못했다는 영화의 한 장면을 말해줄게. 명절날 아침이야. 막 차례를 마친 식구들이 둘러앉아 담소를 나눌 때, 며느리 지영 씨는 설거지를 하고 있었다. 마침, 시누이 가족이 들어왔어. 시어머니는 반색하며 좋아라 하지. 시댁 식구들은 서로 즐거워한다. 할머니는 손녀딸의 재롱을 보면서 박수를 친다. 그때 지영 씨가 말을 토해내. "사부인, 저도 제 딸 보고 싶어요."

영화를 보지 못한 사람은 이해하기 어려운 장면이다. 지영 씨는 하고 싶은 말을 삼키고 삼키다가 정신병에 걸렸다. 마치 다른 사람이 그 자리에 있었으면 할 법한 말을 뱉어내는 거야. 시댁 식구들 앞에서 며느리로서 벌컥 화를 낼 수는 없는 노릇이니 자기 친정 엄마를 빌려와서 가슴속의 말을 쏟아낸다. '우리 귀한 딸은 식모입니까' 하는, 속으로 삼켰던 그 말을. 그래, 친정 엄마 마음은 그렇겠지. 수많은 엄마들이 저 말을 얼마나 하고 싶었을까. 딸들이 속으로 씹어 삼킨 말들은 또 얼마나 많을까. 엄마도 가끔은 아내, 며느리, 엄마 말고 그냥 다른 사람이 되고 싶은 순간도 있었지. 어느새 세월이 흘러서 시어머니가 되었다. 며느리에게 한 톨 서운함 남기지 않으리라 다짐한다만, 시어머니가 어려운 며느리 마음엔 순간순간 불편함도 많고, 서운한 것도 많을 거야. 너는 네 아버지보다도 훨씬 잘 해내리라 믿는다만, 아내에게 잘해줘야 한다. 이것저것 눈치 보지 말고 아내를 먼저 챙겨줬으면 좋겠어.

'김지영' 씨 이야기 한 가지만 더 해보자. 지영 씨의 엄마가 누나가 아픈 거 같다며 동생한테 찾아가보라 했어. 동생은 단팥빵을 잔뜩 사 가지고 누나 집에 갔어. 그리고 조카에게 단팥빵을 주려고 하니까 지영 씨가 말하지. "야, 나는 생긴 게 꼭 나 같아서 단팥빵 안 좋아해." 동생이 놀라서 '누나 단팥빵 좋아하는 거 아니었냐'고 묻자 지영 씨가 답해. "아니, 그건 네가 좋아하는 거지." 너희들 또래는 어쩌면 이해가 안 될 수도 있을 거야. 좋아한다, 싫어한다 왜 분명히 이야기하지 않았냐며 답답해할지도 모르지. 그런데 아빠가 이뻐라 하는 남동생을 위해 사온 단팥빵을 좋아하지 않는다 하면 그나마도 먹지 못했을지 몰라. 좋아하는 걸 말해봤자 소용없다는 걸 경험으로 터득하고 있었으니까. 너희 세대는 성평등이 일상이 되었다고 생각했는데, 〈82년생 김지영〉을 같이 보고서도 받아들이는 소감이 다른 것도 봤다. 어떤 사람은 그 영화를 보고 나서 김지영의 남편이 불쌍하다고 생각했다는 거야. 엄마는 보는 내내 우리 사회에 만연한 불평등을 생각했거든. 너희는 어떻게 볼까 궁금해진다. 아내와 함께 한번 찾아보면 좋겠구나.

꼭 붙어 다니시는 동네 잉꼬 노부부 이야기를 해주고 싶다. 할머니는 올해 일흔여섯이 되셨고, 열아홉에 시집을 오셨대. 할아버지와 할머니 두 분 이동 수단이 오토바이와 경운기뿐이었단다. 읍내에 볼일을 보러 가시려면 둘 중 하나를 타는 거지. 버스는 너무 뜸해서 시간 맞춰 타고 다니기에 적절하지 않다면서, 살면서 가장 불편했던 게 '자가용'이라고 꼽으시더구나. 서로 읍내에서 볼일을 보고 만나는 장소만 이야기하고 따로 시간은 얘기를 안 하는 바람에, 어느 한 분이 기다리느라 화가 나서 싸우기도 많이 싸웠다고 하셔. 그래서 할머니가 3년 전에 사륜 오토바이를 사셨어. 일부러 오토바이 끌고 올라 오셔서는 너무 좋다고 만면에 웃음을 지으시더구나. 두 분은 아직도 농사 짓는 방법 가지고도 소소하게 다투신다고 해. 50년 가까이 같이 살아오셨지만 서로 의견이 다를 수 있는 거잖아. 밭 이쪽에서 저쪽으로 고래고래 소리치며 싸우다가도 일 마치고 돌아가실 때면 언제 그랬냐는 듯 사이좋게 가셔. 그러니까 너희도 꼭 의견을 일치하려고 너무 애쓸 필요는 없다. 서로 다른 의견이 있다는 것을 인정하고 존중하면서 절충하는 것이 가장 현명하지 않겠니.

네가 걱정하는 아내의 까탈스러움은 전문직 수행에서 오

는 습관이니 그러려니 넘기면 될 거 같아. 그 까탈스러움을 자랑으로 생각하면 일상이 평화로울 거다. 그리고 운동이나 독서도 그저 믿고 맡기렴. 스스로 좋아서 해야 하는 거지. 너도 60권짜리 삼국지 만화책을 만나고 나서야 책을 찾아 읽기 시작했다. 뭐든지 좋아하게 되는 데는 시간이 걸려. 엄마가 널 가르칠 때 무척이나 애를 먹었단다. 책도 안 읽고 써오는 독후감이 어찌나 그럴싸하던지. 네가 책 펼친 걸 본적이 없는데 한 주 만에 10권을 다 읽었다고 독후감을 써낼 적에 알아봤다. 네게는 생각할 거리를 던져주는 게 독서의 시작이 되었단다. 삼국지에서는 누가 제일 좋은지, 누가 가장 성공했다고 생각이 드는지, 왜 성공한 사람이 아닌 다른 사람을 좋아하는지 등을 물으면서 엄마와도 많이 친해지고, 삼국지 말고 다른 책들도 찾아 읽기 시작했던 것 같아.

아내와 공통된 관심 분야에 대한 프로젝트를 시작해보면 어떨까. 귀농이나 집짓기나 그런 것들. 잘하고 있는지 스스로 자연스럽게 확인하는 기회도 되고, 동기부여가 될 것도 같은데. 관련된 책들도 찾아보게 되고 말야. 그렇게 점점 취미를 공유하게 되면 좋을 거 같아. 같이 사는 불편함을 넘어서는 서로의 버팀목이 되는 거지.

추석 명절을 지내는 다른 할머니 '41년생 숙자 씨' 이야기다. 올해 여든하나 되셨고. 도시에 사는 며느리가 상차림에 필요한 것들은 준비해 온다지만, 이삼일 함께 지내면서 먹을 게 필요하잖아. 가장 먼저 식구들 먹을 물 한 솥을 끓여놓으신다더라. 물김치, 배추김치도 담가야 하고, 손자가 좋아하는 만두를 빚어놓고, 특별히 먹고 싶다는 식혜도 만들어야 한다면서 바쁘다고 혀를 차셨단다. 무릎 양쪽을 수술하셔서 앉았다 일어나는 것도 계단을 오르내리는 것도 힘들어하시거든. 김치 버무리는 걸 도와드리는 내내 들려주신 이야기야. 살림살이는 말로 다 설명할 수 없는 수많은 종종거림 속에서 이뤄지는 거야. 언젠가 너희들이 내려왔을 때 살림살이하느라 시골살이하느라 종종거릴 모습을 생각하면 걱정이 크다. 남들 하는 대로 다 하기보다 너희가 시골살이를 편하게 할 수 있는 길을 찾으면 좋겠다. 글쎄, 그런 길이 있을까 모르겠다만 한번 잘 찾아보렴. 둘이서 마음만 맞다면야 무엇인들 못하겠니.

하늘색이 정말 파랗다. 아주 한참, 하늘을 본다.

어떻게 사람을 부르는 농가를 꾸릴까
고민해봐야겠어요

아내는 결혼을 앞두고 꿈꿨던 것이 하나 있습니다. 신혼여행으로 유럽 배낭여행을 떠나고 싶어 했어요. 여행 경비 계좌를 따로 만들어서 3년 동안 돈을 모으기도 했고, 어머니 아버지 은퇴 여행기를 보며 이런저런 계획을 세우기도 했죠. 그런데 코로나로 상황이 많이 달라졌습니다. 이런 때에 생경한 곳으로 떠난다는 게 부담이 많이 되기도 했고, 질서정연한 국내 상황에 비해서 유럽은 혼란의 연속 같아 보였거든요. 그래서 국내 여행을 떠나기로 했습니다. 아끼게 된 비행기 값으로 뮤와 함께, 차를 빌려 다니기로 했죠. 그렇게 전북 완주를 거쳐 제주에 다녀왔어요.

사람이 없는 한적한(사실은 참 좋아서 혼자만 알고 싶은) 곳을 찾아다녔습니다. 그러다 보니 '견학'이 되더군요. 조용한 시골 마을을 찾아다니고, 나중에 귀농하게 되면 이렇게 하고, 저렇게 해야겠다는 생각을 하며 다녔습니다. 한창 귀농에 대해 어머니와 이야기 나누면서 떠오른 화두 중 하나가 '6차산업'이었죠. 1차로 농사, 2차로 가공, 3차로 농촌 체험 등 관광 사업까지 하면, 그걸 모두 더해 6차산업이라고요. 달콤해야 할 신혼여행은 그렇게 잔소리 가득한 '6차산업 수학여행'이 되었습니다. 본받을 만한 곳들을 많이 둘러보고 왔어요.

완주에서 묵은 곳은 요즘 인기 있는 숙박 앱을 통해 정했습니다. 강아지와 함께 갈 수 있는 숙소를 골라 가다 보니 선택안이 많지 않았죠. 조용한 마을에 있는 농가의 별채였습니다. 깔끔하고 널찍하지만, 우리 괴산 집 별채만 못한 곳이었죠. 그런데도 평소 예약이 꽉 차 있는 곳이니 서둘러 예약하라며 숙박 앱이 강력 추천했던 곳이에요. 들어가는 날에는 비가 엄청 쏟아졌습니다. 최대한 비를 피하고자 처마 가까이 차를 댔어요. 그랬더니 사장님이 오셔서 다음 날 일찍 농장에 나가셔야 한다며 짐 옮기고 나서는 차를 좀 빼달라 부탁하셨습니다. 고맙다며 찹쌀 막걸리를 한 병 건네시더군요. '이게 바로 시골의 인심인가!'

감탄하면서도 혹시나 추가 요금을 받으시진 않겠지 의심한 도시 청년입니다.

　다음 날 아침, 볕이 좋다 싶어 일찍이 산책을 나와보니 벌써 마당에 고추를 이만큼 깔아놓고 말리고 있었어요. 나가는 길에 우리 강아지가 흐트러뜨리지 못하도록 목줄을 짧게 잡고 돌아다니니 주인 아주머니께서 풀어놓아도 된다며 편하게 다니라 하셨습니다. 뀨는 강아지답게 여기저기 한참 돌아다녔죠. 볕에 말리는 고추 냄새도 처음으로 맡아보고, 마당에 묶인 개와 잠깐 인사도 나누며 즐거워 보였습니다. 기회가 오면 다시 묵고 싶다는 생각을 하다, '이게 어머니에게 듣던 6차산업이구나' 했습니다.

　제주에서는 성산읍의 중산간에서 묵었어요. 큰 마당에 딸린 여러 크기의 별채 중에서 가장 작은 방이었습니다. 어둠이 깔리면 상향등을 켜지 않고서는 운전이 어려운 곳. 차창 앞으로 제비들이 휙휙 지나가는 바람에 천천히 다녀야 하는 그런 곳이었습니다. 예약할 때는 이렇게 산 깊은 곳인 줄 몰랐어요. 이런 데에 사람들이 찾아올까 싶었는데, 장박을 하면서 지켜보니 사람들이 끊임없이 왔습니다. 어떻게들 알고 그렇게 찾아오는지! 일찍이 귀농해서 제주에 터 잡았다는 사장님 부부가 부러웠습니다. 가장 바깥쪽의 큰 집에 머무는 사장님 부부는 작은 농장을 하시면서 펜션도 운영하신다 해요. 오전에는 농장 돌아보고, 손님들이 얼추 밖으로 나갈 시간이면 돌아와 정원 가꾸고 펜션 정리하신다고요. 이렇게 자리를 잘 잡아놓으면 대대손손 걱정이 없겠다 싶었죠.

제주도의 조그맣고 다양한 가게들도 눈에 들어왔습니다. 이름난 관광지도 아닌, 정말 조그마한 '시골'에 자리를 잡은 소품점들은 생계 걱정이 절로 들 정도였죠. 한 소품점은 헝겊때기만 팔더군요. 컵 받침, 행주, 수세미, 냄비 받침, 손수건 같은 것들이었어요. 값나가는 물건들도 아닌데 그렇게 정성스레 모셔놓으니 참 보기 좋았습니다. 이런 걸 많이들 사갈까 싶었는데 그렇게 장사가 된답니다. 인스타그램 유명 소품점인데 온라인 매장도 오프라인 매장만큼 예쁘다네요. 한 곳은 도자기만 팔고 있었어요. 평소에 관심이 없던 분야인지라 시큰둥했는데 들어가서 구경하니 이것저것 갖고 싶어졌습니다.

하고 싶은 걸 잘해낼 수 있어서 사람들이 찾아올 정도가 되면 시골이 문제가 되지 않겠다 싶었습니다. 제주도라는 훌륭한 장소에 있기 때문이라고 생각하실지도 모르겠습니다. 그런데 정말 해변에서 한참 떨어지고, 유명 관광지에서 꽤나 거리가 있기 때문에 일부러 찾아가지 않으면 눈에 띄지 않는 곳이었습니다. 그런데도 사람들이 기를 쓰고 찾아간다니요!

완주도, 제주도, 그곳에서 느낄 수 있는 포근함이 있어서 참 좋았습니다. 관광지로서의 제주나 완주가 아닌, 삶의 터전으로서 있는 그대로를 내보이는 곳들이라서 그런지 아직도 마음에 남아 있네요. 그래서 사람들이 더 찾는 거겠죠. 강아지를 대하는 태도, 도자기나 헝겊을 대하는 태도, 삶을 대하는 태도. 무엇 하나로든 사람들의 마음을 움직일 수 있는 정도가 되면 더 이상 장소의 문제가 아니구나, 그런 생각을 했습니다. 귀농을 결정한 마당에, 이제는 작게나마 농사를 짓더라도 어떻게 사람들을 감동시킬 수 있을까, 어떻게 사람들이 찾아올 만한 농가를 만들어갈 수 있을까 고민해봐야겠어요. 제가 미처 보지 못하는 세상을 보는 아내가 함께해서 든든합니다.

만들어 놓으면 팔 수 있다는 말은
농부의 말이 아니란다

벌써 6년 전이네. 6차산업(농촌융복합산업) 인증을 받았어. 처음부터 인증을 위한 교육은 아니었지만 일주일에 이틀씩 시간 내는 일이 만만치 않았다. 교육 중에 수확 철이 겹치기도 해서 애를 먹었지. 5개월에 걸쳐 100시간 정도를 들여야 하는 융복합교육과, 두 차례에 걸친 컨설팅을 거쳐 6차산업 인증을 받았다. 생산, 가공, 관광, 체험 사업을 두루 포함하는 만큼 요건을 갖추기가 만만치 않았어. 매번 진땀이었지.

그렇게 흘린 땀에는 6차산업 농가로 인증받기 위해서 진행한 농촌체험 프로그램이 크게 한몫했다. 우리 농가로 들어오는 길은 좁아서 버스가 들어올 수 없었어. 결국 이장을 통해 트럭 두 대를 동원해서 갈아타고 이동해야 했단다. 멀리서 찾아온 사람들에게 미안했는데, 아이들은 트럭 뒤 칸에 타고 가며 꺄르륵. 6차산업 '인증'은 매출이 어느 정도 이상 되어야 가능하더구나. 소규모 사업자이던 우리 농가는 그 조건을 정말 어렵게 넘었어. 소농들을 이래저래 불청객 취급하는 문턱이 없어야 6차산업의 저변이 커갈 텐데 말이야. 이제야 말하지만 인증 과정 중에 농부들 형편을 배려하지 못하는 불필요한 단계도 많았다. 개선해야 할 문제이고, 농부가 기획하지 않은 사업의 한계라는 생각이다. 지자체도 그렇고 다양한 지원 사업들이 있다만, 꼭 여기에 매달릴 생각을 하지는 않았으면 좋겠다. 그저 너희가 하고 싶은 일을 중심에 두고 천천히 길을 찾아가면 된단다.

엄마가 경험한 6차산업을 이야기해줄게. 생산이야 농사를 짓고 있으니 기본이지. 기본이라고 쉽다는 건 아니다. 농사가 얼마나 어려운 일인지는 누누이 얘기했으니 잘 알리라 생각한다. 엄마가 농부라서 그런 건지, 가공부터는 차원이 다른 어려움이었다. 작물들은 수확하는 순간부터 상하기 시작한다. 그렇지만 조금이라도 가공하면 제철을 넘어서도 걱정이 없지. 기를 쓰고 아로니아 가공 공장을 갖췄다. 공장만 갖추면 될 줄 알았는데 그제야 시작이더라. 주변 농가에서 생산하는 과일을 찾아 혼합한 주스부터 발효주도 해보고, 농업기술원에서 가지고 있는 특허기술도 이전받아 천연 발효 식초도 냈다. 마침 농촌진흥청에서 여는 농가 상품 디자인전에 응모하여 전국 단위에서 선정하는 장려상을 받기도 했었지. 고생해준 며느리에게 모든 공을 돌린다. 보고 또 봐도 감각이 뛰어난 상표 디자인이었다. 상품전에 나가면 여러 사람이 디자인을 칭찬하는 바람에 어깨가 으쓱했다. 제품을 준비하는 내내 즐거웠어. 새로운 제품을 만들고 품평회에 참가하면서 내심 뿌듯했단다.

그때 만난 유기농 산업 엑스포로 유기농이 진짜 미래라고 믿었다. 날로 번창하고 확대하는 즐거움이 있었다. 작은 꿈도 꾸었지. 어딘가에 작은 가게라도 하나 가질 수 있지 않을까 하고 말이다. 그렇게 바쁜 중에도 가게에 예쁘게 진열할 마음으로, 다양한 꽃차 교육도 받았었지. 이렇게 만들면 붉은 차, 저렇게 하면 푸른 차, 참 재밌었는데 꽃차는 결국 한번을 못 내놓았구나.

다양한 제품을 준비했으니 '유통'에서도 할 수 있는 많은 노력을 기울였다. 설이나 한가위 때면 코엑스 명절 상품전에 나가기도 했다. 그렇게 부산, 대구, 대전 가보지 않은 데가 없지. 이런저런 상품전에도 마다하지 않고 찾아다녔다. 6차산업 인증을 등에 업고 청주 하나로마트를 시작으로 청주 현대백화점과 서울의 신세계백화점에도 출품하는 기회를 가졌다. 그 시절엔 절로 콧노래를 부르기도 했다.

이 모든 게 과거형인 건 잘 알고 있을 게다. 사람들이 아로니아 농장을 찾아와서 비누도 만들고, 소금도 만들고 했던 것도 잠시였다. 그렇게 즐겁고 신나게 해냈던 모든 것들이 이제는 시큰둥해. 찾는 사람이 적어지니 무얼 잘못한 걸까, 어떻게 더 잘할 수 있을까, 고민 많이 했다. 교육을 받으면서 끊임없이 들었던 이야기가 '고객이 원하는 제품을 만들어야 한다는 것'이었는데, 이미 작목을 선택했으니 바꿀 수 있는 상황이 아니었어. 결국 사람들이 원하는 제품이 아니라, 우리가 만들 수 있는 제품에 매달렸던 거지. 네가 봤는지 모르겠다만, 창고에 쌓여 있는 스티커 종류만 수십 가지 되지 않나 싶다. 볼 때마다 가슴 한구석이 찡하다. 괜히 또 네 아빠를 타박한다. 작목 선택부터 신중하지 못했지. 단순하게 열매에만 매료되어 일반적인 수요를 따져보지 않았던 실수도 통감하고 있다. 만들어 놓으면 팔 수 있다는 말은 상인의 말이지 농부의 말이 아니란다. 코로나 상황과 겹쳐 아무도 찾지 않을 때의 그 마음이란.

신발 장수는 신발만 보인다지. 네가 신혼여행 중에도 끊임없이 미래를 구상했다고 보이더구나. 좋은 경험이었다고 생각해. 유념할 것은 눈에 보이지 않는 곳에도 땀과 정성이 녹아 있다는 것이야. 세상 어디에도 만만한 것은 없더구나. 사람들을 감동시키면 어디서든 무엇이든 상관없을 것 같다는 마음 잘 알겠어. 정말 어려운 건 사람들을 어떻게 감동시킬 수 있을까다. 순수한 땀과 정성으로도 사람의 마음을 움직이기란 쉽지 않다. 아로니아로도, 6차산업 인증으로도, 예쁘게 잘 지어놓은 집으로도, 정성 들여 만든 디자인으로도 어려웠어. 더 뭘 할 수 있었을까. 쉽게 내릴 수 있는 답이 아니구나.

요즘, 들녘이 노랗다. 노랑은 힘이 세, 속 깊은 곳에 들어앉은 열망을 훌쩍 끌어올리니. 그 쩡쩡한 한낮의 볕에 고추도 널어놓고 가지도 썰어 말린다. 늦게 달린 호박은 없는지 들춰보러 가야겠다. 가을이 익는다.

우리 동막골로
'시골 마을 차차차'

요새 드라마 〈갯마을 차차차〉를 참 재밌게 보고 있습니다. 바닷가 갯마을 '공진'을 배경으로 한 이야기예요. 예쁜 해변이 가까워서인지 마을에는 청년이 많습니다. 철물점 사장님, 슈퍼 사장님, 순경님, 홍반장까지. 또 서울에서 새 청년들이 공진으로 들어오게 되죠. 어떻게 하면 그런 청년이 많은 마을을 만들 수 있을까 생각해봅니다.

〈갯마을 차차차〉는 영화 〈홍반장〉을 원작으로 한 드라마인데, 배우 김선호 씨가 홍반장 역을 맡았어요. 보고 있으면 '나도 꼭 저렇게 되고 싶다'라는 마음이 듭니다. 갯마을에 있는 젊은이 중 한 명인 홍반장은 만능입니다. 각종 수리 보수 일체, 청소년 상담사, 공인중개사 자격도 있어요. 마을에 무슨 일이 생기면 꼭 갑니다. 아무 대가 없이 일하는, 그런 현실감각 없는 사람이 아닙니다. 최저 시급 9160원은 10원 단위까지 받아가요. 카페, 중국집, 슈퍼에서부터 일손 필요한 할머니 댁 등 홍반장을 찾는 곳이 어찌나 많은지, 부럽습니다. 능력도 좋고, 비주얼은 더 좋고. 동네 사람들이 정말 소중히 생각하는 '반장'이에요. 계산은 철저한 홍반장인데, 사실 돈보다 나고 자란 마을, '공진'을 위해서 하는 '일'입니다. 홍반장한테는 기름집 하시던 할아버지가 남겨주신 예쁜 집과 상가가 있어요.

그리고 '공진 3대 미스터리' 중 하나로 꼽히는, 마을 슈퍼에서 당첨된 1등 복권의 주인이 아무래도 홍반장 같습니다. 돈 걱정 따위 없는 청년으로 그려지거든요. 만들어진 이야기인 줄 압니다만, 보기 좋은 갯마을 청년 이야기가 참 반갑습니다.

얼마 전에 생일이었습니다. 연락을 많이 받았어요. 사실 근황을 묻는 대부분의 연락들은 '요새 뭐 하고 지내냐'로 시작해서 귀농에 대한 만류로 끝나요. 그럼에도 다시금 생각해볼 기회가 반갑습니다. 생각은 대화를 따라서 흘러갑니다. 보통 '농사는 돈이 안 된다'가 귀농을 말리는 사람들의 요지입니다. '반은 농사지어도 반은 무언가 다른 일을 할 생각'을 이야기하면 다시 '모아둔 돈이 많냐'는 물음으로 옮겨 가요. 대뜸 잔고를 묻는 상대방에게 잠깐 불쾌해집니다. '야, 너는 돈이 많아서 서울서 살겠다고 하냐' 버럭 성내는 상상에 혼자 씨익 한 번 웃고, 차근차근 모을 생각이라고 대답합니다.

불편함을 각오하고 가는 시골이라지만 '현실'이라는 이름으로 다가오는 '돈'이 무섭습니다. 아무래도 더 모아야 할 것 같고, 더 준비해야겠고. 그렇게 알바 자리를 찾고 있습니다. 일단 사 온 로또 3000원 치. 어떻게 세 줄 다 해서 번호 한 개를 못 맞혔네요. 드라마랑 현실은 참 다르죠. 시골 마을 이야기를 보면 그 차이가 더 커지는 것 같아요. 갯마을 '공진'에 내려가는 서울 사람은 의사, 간호사 자격으로 멋지게 내려가는데 말이죠.

올 추석 때 전을 다 부치고 뒷정리를 하다가 기름 받이로 깔아둔 신문에서 슬픈 칼럼 한 편을 봤습니다. '농부와 잡부'라고요. 농사일이 밀렸을 텐데도 시급 만 원 받고 동네 청소 등을 하는 주변 농부들을 보며, 농사보다 잡일이 더 큰돈이 되는 현실을 슬퍼합니다. 어디에 이런 칼럼이 실렸나 보니 〈한국농정신문〉에 농민이 쓴 칼럼이더군요. 열심히 농사짓는 농부들이라면, 돈 걱정을 하지 않았으면 좋겠습니다. 귀농 준비를 하는 사람으로서도 오로지 제 농사만으로 살길을 도모할 수 없는 입장이에요. 어디서 잠깐 하는 일이라도 여기저기서 찾아주면 반가울 듯합니다.

　대학교 졸업하기 직전 겨울방학, 절임 배추 일을 했던 생각이 납니다. 괴산에 와 있었는데 어머니가 '내일 절임 배추 일 나가는데, 같이 가자'고 하셨죠. 새벽같이 나가서 초저녁까지 일했습니다. 사장님께서 배추를 뽑아 경운기 한가득 싣고 오시면, 그 배추를 받아 기계 위에 반으로 싹 잘리게 고이 놓았습니다. 새참 먹고 나서는 전날 절인 배추를 잘 씻어서, 비닐에 담아 무게를 달고 포장했어요. 비닐 겉에는 물이 안 묻어야 박스로 잘 포장할 수 있었습니다. 그렇게 잘 포장한 절임 배추를 트럭에 실어놓는 것까지가 몸 성한 비숙련공의 일이었어요. 일하는 내내 어르신들이 이런 일을 어떻게 한 달 내 하실까 했어요. 절임 배추 사장님·사모님, 사과밭 사장님·사모님, 부녀회장님 모두 허리 한 번 못 펴고 일하시니, '힘들다' 소리 한마디도 못 했습니다.

　그렇게 집에 가서 씻고 저녁 먹을 준비 하고 있었는데, 절임 배추 사모님이 오셨죠. 대학생 아들이 왔는데 고생시켜서 미안하다며 일당을 담은 봉투를 건네주셨습니다. 생각지도 못했는데 얼마나 반갑던지! 봉투에는 택배 상하차 알바 일급만큼 들어 있었습니다. 그런데 올해는 천일염 값이 너무 오르고, 일하기도 힘에 부치셔서 절임 배추 안 하실지도 모른다고요.

농촌에 돈이 많이 돌면 좋겠습니다. 생각해보면 어머니 아버지 사시는 동막골도 갯마을 '공진' 못지않습니다. 공진에는 큰 오징어 덕장도 있고, 멀리 서울에서 관광 올 정도로 바다가 예쁘죠. 동막골도 아주 예쁜 산골에다가, 절임 배추 작업장도 여럿 있잖아요. 예쁜 마을임을 서울 사람들한테 잘 보여줄 수 있다면 좋을 텐데요. 덕장에, 관광객에, 갯마을 '공진'이 번성하니 홍반장이 할 일도 여기저기 많고, 걱정 없이 마을 생각하며 일할 수 있지 않았을까 싶습니다. 저도 그럴 수 있는 사람이면 좋겠습니다. 큰길에 있는 가로등이 나가면 제일 먼저 면사무소에 가서 고쳐달라 할 정도로 마을 일에 밝고, 혼자 사는 할머니 할아버지들 편안히 잘 계시는지 가끔 들러 말벗도 해드리고, 자기 밭도 잘 가꾸면서, 못 하는 거 하나 없이 유능하고, 돈 걱정 하나 없는 젊은이. 그런 사람이 되고 싶습니다. 그렇게 훌륭한 '반장'이 되어서 많은 사람들에게 예쁜 우리 산골 마을 동막골을 보여줄 수 있다면 참 좋겠습니다. 그럼 우리 동막골도 그렇게 번성한 마을이 될 수 있지 않을까요.

청년이 언제든 농촌에
올 수 있다면 좋겠다

잦은 비에 바람까지 덩달아 나부대더니 들깨가 많이 쓰러졌다. 까맣게 썩은 모습에 마음도 새까맣다. 구역질이 올라오도록 공부하느라 힘들었으니 그저 한참은 아무 생각 없이 쉬면 좋겠다고 했는데, 드라마를 보면서도 앞으로 할 일을 궁리하는 모습에 웃음이 난다. 무언들 못 하겠니. 요즘 희망이 하나 생겼다. 언제가 될지는 모르겠지만 기본소득, 기본주택이 되면 정말 좋겠다는 희망. 나 못지않게 기본소득을 주장하는 네 아빠가 하고 싶은 이야기가 있단다. 전해준다.

"지금 농촌은 가물거리는 촛불처럼 소멸되어간다. 청년들은 모두 서울로 떠나가고 이제 칠팔십 대 노인들만 남아 겨우 농촌을 지탱하고 있은 지 이미 오래되었다. 그 기름졌던 농토는 이제 버드나무와 잡초가 무성한 척박한 땅으로 점점 변해가고 있다. 서른다섯 가구인 우리 마을에, 육십 대 중반인 아빠와 엄마가 가장 젊은 세대에 속한다. 이대로 10년 정도 지나면 마을은 어떻게 될까. 연로한 주민들 절반 이상이 돌아가시어 마을에 남아 있는 분들이 얼마 되지 않을 것이다. 농사지으시는 분들은 더 없겠지.

당연한 이야기를 하나 하자. 사람들이 나지도 않고, 오지도 않는 마을은 사라진다. 농촌에 사람들이 오지 않으면 농촌은 없어진다. 농촌이 사라지면 도시는 어떨까. 먹거리는 어떻게 하나. 수입하여 먹으면 될까? 사시사철 곡식이 익어가면서 변화하는 농촌의 그 아름다운 풍경은 또 누가 지키나? 생각만 해도 삭막하다. 그래서 네가 진지하게 온다고 했을 때 참 반가웠다. 농촌을 살려야 한다. 농촌에 청년이 돌아오게 해야 한다. 농촌에서도 청년들이 아무 걱정 없이 자기가 하고 싶은 일을 하면서 살 수 있어야 한다. 그런데 농촌의 현실은 어림없다. 농촌에 사람이 없어지니 무슨 일이든 힘들어. 청년들의 '귀농'이 어렵다고들 하는 건 이유가 있다. 그래서 아빠는 정부와 지방자치단체에서 청년들이 귀농하면 '농촌 기본소득'을 보장하는 것이 먼저가 되고, 그다음 청년들의 장점을 살려 농촌에서 하고 싶은 일에 대한 창업 지원책을 마련하면 좋겠다는 생각을 해본다.

농촌 기본소득이라면, 너처럼 불편함을 감수하겠다는 사람들뿐만 아니라 더 많은 청년들이 농촌으로 돌아오지 않을까. 농사짓는 사람들에게 기본적인 소득만 보장된다면 기꺼이 '내려간다'는 청년들이 많을 텐데. 너의 글을 보며 지금 도시에서 청년들이 겪는 많은 어려움이 '모여 있음'에서 비롯됨을 생각해봤다. 꼭 모여 살 수밖에 없을까 생각해봤다. 병원, 교육, 문화, 전 분야에 걸쳐서 농촌에는 부족한 게 많지만, 가장 먼저 풀 실마리는 소득이다. 농사를 지으면서 고정소득에 대한 걱정 없이 살 수 있다면 청년들이 내려오지 않을까.

그렇게 시골에 청년들이 온다면 많은 게 달라진다. 스스로 젊다 생각했을 땐 몰랐는데, IT에 대한 이해도와 디자인, 문화, 각종 콘텐츠 및 마케팅 감각 등은 노인으로서 따라가기 벅차더라. 시골 마을에는 청년들이 필요해. 그런데 시골 마을은 청년들에게 무엇을 줄 수 있을까. 그래, 땅이라면 내어 줄 수 있다. 점점 농사짓는 분들이 적어져서 놀고 있는 농지가 많다. 넓은 시골 땅에서 청년들이 하고 싶은 일을 할 수 있게 해주면 어떨까. 시골에 청년들의 장점을 접목하면 전에 없던 길이 열릴 거라 기대한다. 어디서든 청년들이 하고 싶은 일을 마음껏 할 수 있었으면 좋겠다. 도시에 살고 싶어 하는 청년들에게 살 곳과 일할 곳을 마련해주듯, 시골에 살고자 하는 청년들에게 역시 적극적인 지원을 펴는 중앙·지방정부가 필요하다.

20년 전엔 코웃음 쳤던 '한류'가 이제는 몸으로 느껴진다. 더불어 한국의 먹거리 수출도 폭발적으로 늘고 있다고 한다. 이름하여 K-푸드. 그렇게 먹거리의 중심이 되는 우리 농수산물도 전 세계에서 찾고 있는 것이다. 앞으로 농수산물 수출에도 청년들의 IT 기술과 콘텐츠 역량이 필요하다. 아무리 뜯어봐도 우리나라 청년들의 문화적인 역량은 세계적이다. 농촌에서 생산되는 농산물을 세계적인 수출 상품으로 발전시키는 데 우리나라 청년들의 문화적 역량이 절대적으로 필요한 것이다. 현재의 노령화된 농촌 역량으로는 힘에 부치는 일이다. 농촌의 새로운 사업 파트너로 우리 청년들이 필요한데, 네가 온다니 반갑다. 아빠의 생각이 틀리지 않았음을 네가 잘 보여준다면 좋겠구나.

너뿐 아니라 많은 청년이 농촌에 언제든 올 수 있다면 좋겠다. 도시의 논리대로 적자생존하는 농촌이 아니라, 넉넉한 인심의 농촌이면 가능하겠다. 도시처럼 좁고 높은 공간이 아닌, 낮아도 넓은 시골이니까 가능하다. '도시살이에 지치면 언제든 내려와도 좋다.' 시골에 온 뒤로 아빠가 너에게 자주 한 말이었지. 다른 청년들도 꼭 그럴 수만 있다면! 언제든 내려가 살 수 있다는 생각의 씨앗을 가슴속에 잘 심어두었으면 해. 힘들고 지쳐서 그만하고 싶을 때면 아주 멋진 어딘가가 있다는 생각을 하면 좋겠다.

그래서 농촌 기본소득과 농촌 창업 지원 정책이 자리 잡아야한다는 아빠의 믿음을 전한다. 새로운 도전을 기다리는 농촌이 되면 나라가 직면한 많은 문제가 풀리지 않을까. 너의 도전을 기다리는 괴산에서, 아빠가 씀."

그러게, 기본소득이나 귀농 지원이 활발하면 귀농하려는 아들을 둔 엄마 아빠가 한시름 놓을 텐데 말이다. 농민 기본소득은 절실하다. 이곳 할머니들을 생각해보면 참으로 그렇다. 농사를 열심히 지으신 할머니들은 도시에서 일한 사람들처럼 국민연금을 기대할 수 없다. 다만, 노령연금에 노인 일자리 사업을 통한 서너 가지 일과 함께 매달 꼬박꼬박 받는 현금이 있어서 다행이다. 큰 논이나 밭을 가지고 있어서 직불금을 넉넉히

받는 어르신들이야 걱정없다만, 그렇지 못한 할머니들도 편하게 지내실 수 있으면 좋겠어. 이제는 힘쓰는 농사일은 버겁지만 손이 필요한 여기저기에 시간을 들이고 챙길 수 있는 소득이 제법 요긴한 것을 곁에서 느낀단다. 평생을 농민으로 살아온 노후에나마, 기댈 언덕이 있으면 좋겠구나.

요즘 한창이어야 할 고추잠자리가 보이질 않는다. 갑자기 늘어난 가을 모기랑 관련이 있는 건지도 모르겠다. 날씨는 왜 갑자기 이렇게 추워졌을까.

좋든 싫든 살아남기 위한
몸부림입니다

사실 청년 농부니 귀농·귀촌이니 들려오는 소식들이 많기에 아
버지 걱정은 노파심이라고 생각했습니다. 그런데 얼마 전 보게
된 르포 기사에서 전국의 소멸 고위험 지역 36곳 중 한 곳으로
괴산을 꼽았더군요. 괴산의 소멸 위험지수는 0.16입니다. 괴산
에 사는 65세 이상의 인구가 100명일 때, 20~39세 여성 인구
는 고작 16명이라는 의미예요. 제가 가기도 전에 소멸이니 뭐니
하는 소리를 들으니 찝찝합니다. 귀농을 권하는 사회라면 참 좋
을 텐데, 그런 분위기였다면 귀농하겠다는 다짐을 써 보내는 아
들의 편지가 신문에 실릴 일도 없었을 겁니다. 이제 좋든 싫든

시골은 많은 변화를 겪겠구나 생각해요.

두 해를 지나며 참 많은 것이 바뀌었습니다. 2년 전, 저는 변호사가 될 생각에 들떠 있던 미혼의 로스쿨 재학생이었죠. 지금은 귀농을 앞둔 예비 농부이자 주부이며 '유부(有婦)'가 되었습니다. 제가 인생의 격변을 겪는 동안, 세계는 코로나를 앓았습니다. 그로 인해 자의 반 타의 반, 많은 변화가 따랐죠. 코로나 웨딩으로 세상이 달라졌음을 몸으로 느꼈습니다.

2021년 4월, 감사하게도 다니던 성당에서 조용히 식을 올렸습니다. 성당에서는 오랜만에 치르는 혼배였기에 젊은 신부님께서는 환영하셨고, 사무장님께서는 아주 곤혹스러워하셨어요. '패키지' 없이 하는 결혼식은 모든 게 어려웠습니다. 주례야 신부님이 잘해주시겠지만, 사회는 어떻게 되며, 피아노, 식순, 축가, 꽃 장식, 신부 대기실, 메이크업할 곳, 손님 맞을 곳 따위로 아주 골치가 아팠죠. 놀랍지만 대부분의 것들은 식날에 결정되었습니다. 그런데 그 전에 코로나로 인해 절대로 불가한 것이 있었죠. 식사입니다. 방역 지침에 따라, 아무리 멀리서 오신 분이더라도 식사 대접이 어려웠습니다. 식사 시간에 식을 올리면서도 작은 떡 한 상자와 답례품 와인 한 병이 다니, 청첩도 최소한으로 했죠. 그토록 바랐던 스몰 웨딩이었는데, 코로나가 등 떠밀어 치르니 기분이 묘했습니다. 내심 떠들썩한 잔치를 원하고 있었는지도 모르겠어요.

코로나는 식 후로도 이어집니다. 그렇게 신혼여행을 인적 드문 산으로 들로 배낭 메고 떠났습니다. 경기 남부에서 서울 북부로 출근하던 아내는 재택근무와 장기 휴가로 출퇴근 없는 삶을 경험했죠. 저는 그렇게 24시간, 두 달 내내 아내와 붙어 있었습니다. 늘 좋기만 한 두 달은 아니었지만, 지나 보니 너무 아쉽네요.

아내의 장기 휴가는 끝났지만, 코로나는 계속됩니다. 다시 맞은 출근길, 아내의 스트레스는 전보다 커 보입니다. 다니던 공립 수영장은 문을 닫아, 수영도 못 하게 된 지 오래됐어요. 재난지원금도 받았겠다, 백신도 맞았겠다, 아내와 함께 운동하고 싶어서 헬스장 이용권을 6개월 치 끊었어요. 10년 전에 다녔던 그 체육관인데 이전과는 사뭇 다른 느낌입니다. 사람들은 마스크를 쓰고도 열심입니다. 그렇게 우리도 열정 불태워가며 운동하면 좋겠는데, 아내의 퇴근 시간에 맞추면 오후 8시에나 운동을 시작합니다.

코로나가 많은 걸 가져갔죠. 전국귀농운동본부에서 모집한 청년귀농학교에 누나와 함께 신청했습니다. 그런데 귀농교육이 비대면 교육으로는 어려운 것이기도 하고, 멀리 시골로 견학도 다녀와야 하는 프로그램이다 보니 농림수산식품교육문화정보원에서 교육 진행이 불가하다는 통보를 보내 왔다 해요. 담당자 분께서 죄송해하면서 전화하셨죠. 이미 입금한 교육비는 전부 환불해준다며 다음 기회에 꼭 보자고 하셨습니다. 전화를 끊고 한참 휴대전화를 쥐고 있었어요. 아쉬움에, 가까운 주말농장을 알아보고 있습니다.

코로나가 가져다준 것도 있어요. 아내는 귀농에 상대적으로 조심스러웠습니다. 벌써 일한 지 10년이 넘은 사람이에요. 그런 아내가 여유로운 아침의 맛을 한번 보더니 저보다 더 간절히 귀농을 바라는 사람이 되었습니다. 일할 수 있는 회사가 있다는 사실에 감사 기도를 올리지만, 퇴근길에 보는 얼굴에조차 "회사 가기 싫다"라는 글씨가 쓰여 있습니다. 하루는 제게 앉아보라고 각을 잡더군요. 한 달 수입과 지출을 쭉 써놓더니, 앞으로 '이만큼'만 더 모아 내려가자는 말을 꺼냈습니다. 많이 힘든가 얘기를 들어보니 아직 회사에서 디자인하는 것도 좋고, 사람들 만나는 것도 즐겁다고 합니다. 그럼에도 자기만의 시간을 쌓고 싶다고 하네요. 실컷 운동하지 못하고, 책 읽을 여유도 없고, 하고 싶은 일이 산더미처럼 쌓여만 가는 게 괜히 다 회사 때문인 것 같다 합니다. 하루에 3시간씩 출퇴근하니 그럴 만도 하죠. 회사만 가지 않으면 모든 고민이 해결될 것 같은데, 회사를 그만둘 생각을 하니 당장에라도 떠날 수 있겠다 해요.

제 삶은 좋든 싫든 이렇게 변화를 맞았습니다. 때로는 살기 위해서, 때론 더 나아지기 위해서 맞이한 변화입니다. 원래 바라던 대로 이뤄진 변화의 시작점은 아닐 수도 있지만, '시골'도 변화를 마주하고 있어요. 시골이 시골로 남기 위해서는 누구라도 무엇이라도 할 수밖에 없으니, 몸부림이라는 표현이 더 어울릴까요. 저와 아내는 그 몸부림을 함께하려 해요. 말씀하신 것처럼 힘들고 어렵겠죠. 그래도 꼭 하고 싶으니, 치열하게 해내려 합니다. 마음처럼 쉽게 풀리리란 생각은 하지 않아요. 다만, 조금씩 편안해지고 행복해지고 아름다워지는 삶이었으면 좋겠습니다.

벨리댄스라니,
몸이 따라가지 않더라

시작은 가벼웠다. 인원 모집에 애를 먹는 추진자에 대한 선의로
시작했지. 주민자치 프로그램에 머릿수 하나 채워주자는 마음
이었어. 일주일에 한 번. 모름지기 모든 운동이 그렇듯이 유연
함이 있어야 하거늘, 나이 오십이 넘도록 한 번도 접해보지 않
은 벨리댄스라니. 몸이 따라가지 않더라. 허리 돌리는 것은 그
나마 비슷하게 흉내를 내지만 웨이브는 아무리 몸부림을 해도
따라갈 수 없었다. 벨리댄스 강사는 적당히 살집이 있는데도 그
유연함에 절로 감탄이 나왔지. 동작을 따라하는 순서도 잊어버
리기 일쑤. 따로 연습을 해볼까 하는 생각도 했지만 마음만 먹

215

다가 끝이 났다. 농사일을 본격적으로 시작하는 여름에는 참여조차 어려웠다. 종일 밭에서 박박 기다가 저녁을 먹고 나면 꼼짝하기가 싫었어. 아로니아를 수확하는 8월은 더했지. 그렇게 좀처럼 엄마의 웨이브는 늘지 않았다.

아뿔싸! 마을 축제에 주민 장기 자랑으로 벨리댄스 팀이 참여한다는 거야. 면사무소에서 지원을 받는 주민자치 프로그램이니 면에서 주최하는 마을 축제에 프로그램을 선보여야 한다더라. "헐!" 정말 헐 하는 마음의 소리가 입 밖으로 새어 나왔다. 마을 축제에서 망신당할 생각에 이렇게 저렇게 해봐도 늘지를 않더라. 집에서 웨이브를 추는 엄마를 보고 아빠는 깔깔 웃었단다.

시간은 빠르게 지났고 마을 축제일인 10월은 코앞으로 다가왔다. 겁이 났다. 할 수 있을까? 이야기를 들은 너희들은 키득키득 웃었지. 재밌게 해보시라고 응원해주기도 했지만 자신이 없었어. 특히나 〈위아래〉라는 곡의 "위~ 아래, 위위~ 아래" 부분은 더 어려웠다. 어렵다고 하는 것은 움직임이 생각대로 안 나온다는 거야. 상대적으로 〈사랑의 트위스트〉 곡은 수월한 편이었다. 벨리댄스를 배우는 사람이 5명밖에 안 되니 빠질 수도 없는 노릇이었지. '이 나이에?' 하면서 꼬박 일주일을 연습에 매달렸다. 잘하지 못해도, 비슷하지 않아도, 어떻게든 순서만 틀리지 않도록 연습했다.

　그렇게 온 동네 사람들이 모두 모인 효 잔칫날, 무대 위에서 벨리댄스를 추었다. 무대에 서려면 입체 화장이 필요하다는 강사 말에 진한 화장도 마다하지 않고 얼굴을 맡겼다. 동네 사람들에게조차 벨리댄스로 발표회에 참가한다고 말을 못 했다. 오로지 한 사람에게만 알렸다. 그렇게 소박하게 모여 찍은 작은 사진 한 장 남아 있다. 도시에 살고 있었다면 엄두도 못 냈을 일이다. 2015년에 있었던 일이야. 포개져 있던 추억 속에서 꺼내 보니 지금 생각해도 웃음이 난다.

　삶을 향기롭게 하려면 용기가 꼭 함께해야 하는 것 같아. 나이가 들어서도, 소소한 일상에서도, 도전할 수 있는 용기가 필요하다. 그렇게 마음을 내서 괴산군 문광면의 주민자치 프로그램으로 노래 교실을 추천했고, 채택되었지. 그 추천의 책임을 온전히 지기 위해 일주일에 2시간씩 봉사하는 마음으로 참여했어. 일주일에 한 번이라도 노래 교실에서 맘껏 소리치면 스트레스가 확 날아갈 거라 생각했다. 농사일에 집안일에 바쁘신 할머니들을 위한, 오롯이 스스로들을 위해 쓰는 귀한 시간이 되겠단 기대를 했다. 그래서 많은 참여자가 있으리라 생각했는데 정작 함께 하고 싶은 할머니들은 노래를 못한다며 한사코 손사래를

치시더구나. 노래 잘하는 사람을 위해 준비된 자리가 아니라, 지난 한 주일, 또 지나가버린 오랜 시간 동안 고생한 '스스로'에게 주는 상으로 여기시면 어떠냐며, 할머니들께 함께 노래 교실에 나가자고 했어.

시절이 시절인지라, 어머니들이 으레 그러셨던지라, 평생을 일하는 데만 시간을 쓰셨던 할머니들은 그 시간 내는 것도 쉽지 않았다. 어려운 시간을 내주신 할머니들이 참 고와서 아로니아 수확이 바쁜 8월을 빼고는 꼬박 시중들기를 마다하지 않았단다. 그렇게 한 해를 넘겼을 즈음에 가정의 달, 5월이 되었고. 다시 돌아온 문광면의 효 잔칫날에 무대 공연을 하게 되었어. 문광면의 22개 마을이 한자리에 모이는, 그야말로 잔칫날이야. 노래 교실 회원들 26명은 한마음이 되어 열심히 연습을 했고 준비한 두 곡을 멋지게 불러 공연을 마쳤어. 참여한 모든 분들이 즐거워했다.

노래 교실은 2년 연속 효 잔치에서 공연을 했다. 빨강 파랑 반짝이 조끼는 빛났고 민요를 부를 때는 흰 저고리, 검정 치마가 예뻤다. 무대 앞줄 정중앙에 팔십을 훌쩍 넘기신 할머니가 자리를 빛냈다. 새로운 시도와 도전이 유쾌하고 흥겨웠다. 문광면 송년회에서는 빨간 산타 모자를 쓰고 한 해를 마무리하는 시간을 가졌지. 코로나가 창궐하기 2년 전의 이야기다. 코로나 확진자가 많을 때는 외출을 조심하고 집 안에서 수세미를 떴어. 환경에도 좋고, 코로나를 이기는 슬기로운 생활이라 생각했지. 50여 개를 떠서 동네 분들에게 모두 나눠드렸단다. 룰루랄라, 시골 생활을 즐겁게 하는 소소한 도전이다.

가을 햇살을 따갑게 받으며 이틀 내내 들깨를 털었다. 그야말로 탈탈 털었다. 또 이틀은 검불을 걸러내야 할 게다. 정선기를 사용할 만큼 양이 많지 않으니 그저 몸이 감당해내는 것이 대견하구나. 시골에는 몸이 고달플 정도로 살아보지 않고서는 알아챌 수 없는 아름다움이 곳곳에 있는 것 같아. 모든 삶이 그런 건가. 단풍이 곱다. 마음이 흔들린다.

4부

콩깍지 이불을 포개어 덮는 겨울

때 아닌
민들레가 피었습니다

가까운 유적지, 이기조 선생 묘 근처에 때 아닌 민들레가 피었
습니다. 너무 여기저기에 피어 있어서 제가 꽃 때를 잘못 알고
있나 찾아보기까지 했어요. 혹시 민들레처럼 생긴 다른 꽃이 아
닌가까지 한참 찾아봤습니다. 가까운 철쭉 동산에 철쭉도 군데
군데 피어 있어요. 겨울처럼 추웠다가 곧 따뜻해져서 그런지 꼭
봄인 줄 알았나 봅니다. 나무들은, 꽃들은, 어려움 속에서라도
언제 꽃을 피워야 하는지 잘 알아서 해내는 줄만 알았는데. 저
때문에, 우리 때문에, 더 이상 그러지 못하는가 봅니다. 이제 흔
들리지 않고 피는 꽃이 어딨으며, 아프지 않은 청춘이 어딨냐는

223

말이 그만큼 더 무색해졌네요. 어떤 꽃은 때를 잘못 만나 피자마자 지기도 하고, 제대로 피어나지도 못합니다. 청춘도 마찬가지 아닐까요. 때를 잘못 만나기도 하고, 아프다 못해 무너지기까지 하겠죠. "청춘이, 젊음이란 게 그런 거다"라는 말, 위로는커녕 울화만 솟습니다.

2021년 11월 2일, 그레타 툰베리에게 이메일을 하나 받았습니다. "기후 위기를 멈출 가능성이 점점 적어지고 있습니다"로 시작하는데, 영국 글래스고에 있는 각국 정상들에게 심각성을 보여주기 위한 서명운동에 참여해달라는 내용이에요. 안타깝지만 이런 절실한 호소 속에서도 어떤 청춘들은 환경을 생각할 겨를이 없습니다. 툰베리는 여유 있는 집안에 태어나서 별다른 걱정 없이 한가하게 지구나 걱정한다는 수군거림을 듣기도 했어요. 요새 젊은이들 어떻다는 이야기는 참아주세요. 먹고살기 바쁜 청춘들은 철 모르고 핀 민들레 볼 새도 없습니다. 제 오랜 친구들이 보기에 툰베리나 저나 팔자 좋아 보이는 건 매한가지라 합니다.

먼저 결혼한 친구 하나는 벌써 '아빠'예요. 아이가 태어나고 나서는 얼굴 보기가 힘듭니다. 회사 근처에 근사한 아파트도 마련했다 해요. '영끌(영혼까지 끌어모으다)'해서 산 아파트 때문에 한시라도 일을 놓을 수 없습니다. 아이는 커가고 둘째도 곧 가질 계획이래요. 다행히 벌이가 좋은 친구입니다. 예전부터 얼른 취직하고 결혼해서 아이 낳고, 가정적인 남편으로 살고 싶어 했습니다. 꿈꾸던 대로 살고 있는 친구를 보면 저런 삶도 좋겠다 싶은데, 만나기만 하면 어서 일을 그만하고 싶다는 이야기를 해요. 반가워서 같이 시골로 가자는 말을 꺼내면 선을 긋습니다. 친구는 더 큰 집, 더 큰 차를 사가는 재미가 쏠쏠하다며 다음 목표물인 SUV 사진을 보여줍니다. 진심으로 행복해 보여요.

이제 결혼을 앞두고 있는 친구가 둘 더 있습니다. 그중 일한 지 3년이 되는 친구 하나는 직장 권태기가 온 모양입니다. 연구직으로 일했는데 연차만큼 실력이 쌓였는지 걱정이래요. 이직을 생각하고 있지만 결혼 앞두고 양가 부모님께 인사도 드린 마당에 과감하게 무언가 선택을 하는 게 부담이 되는 모양입니다.

다른 친구는 이제 상견례를 막 마쳤습니다. 날도 잡았는데 내년 11월이에요. 그런데 약혼자는 서울 북동부에서 일하고, 이 친구는 경기 남서부에서 일해요. 약혼자가 학업도 같이 하고 있기에 신혼집을 서울 한복판으로 잡았습니다. 아주 작고 오래된 아파트인데도 전세금 마련이 아주 힘들었다 해요.

친구들과 모여서 이야기 나눠보면, 탄소 배출량이니 그레타 툰베리니 귀농이니 그런 건 다른 나라 이야기입니다. 그런 친구들에게 글래스고가 어쩌고, 화석연료 저쩌고, 원자력 어쩌고 해봐야, '아프니까 청춘'이라는 말과 다를 게 없죠. 친구들은 제가 쓰는 칼럼에도 큰 관심이 없어요. 앞으로 책을 내기로 했다고 자랑했는데, 자랑거리가 아니었습니다. 만나서 집, 코인, 주식, 부동산, 승진, 이직 이야기하면 헤어질 시간입니다. 다른 생각을 가진 친구들이지만서도, 친구들이 좀 더 여유로웠다면 달랐을 것 같습니다. 언제쯤 그렇게 될까요. 사실 저에 비해 친구들이 더 어려운 삶을 살고 있는 건 아닙니다. 자라면서 집안 사정도 다들 비슷했고, 공부도 부족함 없이 해왔는데, 어디서부터 이렇게 다른 모습으로 살게 된 건지 문득 궁금해지네요.

귀농에 달릴 태그가 참 많겠죠. #환경, #돈, #결혼, #교육, #먹거리 등등. 이런 것들 중 가장 중요한 건 '#시간'이라 생각합니다. 저는 지금 어딘가에 소속되어 있지 않아요. 이 말은 곧 멋대로 쓸 시간이 많다는 의미입니다. 어머니는 여가 시간에 벨리댄스를 췄다고 하셨죠. 저는 요새 아내, 누나와 함께 환경에 관한 스마트폰 게임을 만들고 있습니다. 강아지와 산책하며 눈에 들어온 때아닌 민들레와 철쭉을 보고, 글래스고에 있는 툰베리를 생각하기도 하고요. 이렇게 글을 쓰고, 책을 준비하는 것도 백수여서 가능한 걸지도요. 친구들과의 차이는 어쩌면 초등학교 입학하고 나서 퇴근할 때까지 눈코 뜰 새 없이 살게 되는 '오징어 게임'이 만들어낸 차이인지도 모르겠습니다. 저는 아무래도 일찍이 게임에서 탈락한 참가자가 아닐까요. 친구들도 게임 밖으로 나오면 좋겠다 싶은데, 활짝 웃으며 다음에 살 자동차 사진을 보여주는 친구 앞에서 따라 웃을 뿐입니다.

우리는 때때로 잊고 산다,
뭣이 중헌지

벌써 10년도 더 지났구나. 김난도 교수가 쓴 책,《아프니까 청
춘이다》를 엄마가 너에게 추천해줬었는데. 요새 같으면 정말
화만 돋구는 책이었을 거다. 원래 제목은 '젊은 그대들에게'였
다 해. 누구 하나 열심히 살지 않는 사람이 없는 것 같은데 얻어
가는 것은 너무나 다른 현실에 어떻게 말을 꺼내야 할지도 모르
겠다. 이래저래 화가 날 만하다. 모두가 공정하다고 생각하긴
어렵더라도, 많은 사람들이 그렇게 느낄 법한 사회를 만들고 싶
었는데 엄마 아빠들이 그러질 못했다.

　　밤새 자분자분 비가 내렸다. 행진이야 우산을 쓰고라도

하면 되겠지만, 날씨를 핑계 삼아 모임 자체를 안 할까 봐 걱정이 되었다. 내 일도 아닌데, 나만 걱정한다고 될 일도 아닌데, 새벽에 잠이 깨어 낙숫물 소리 따라 심정을 볶았다.

행진은 전남 해남을 거쳐 곡성에서 시작했다고 한다. 괴산에서도 예닐곱 단체가 추진 위원회를 꾸려 몇 차례 준비 회의를 했다는데, 주변에 내용을 자세히 아는 사람이 없었다. 그저 농산어촌의 어려움을 위한 행진이라는 소식을 듣고, 머릿수 하나 보탠다는 마음으로 참가하겠노라 공언했다. 후에 사이트에 올라온 유튜브 영상을 보니 꼭 참가해야 할 내용이었다. 오늘날 농촌의 문제는 농촌만의 문제가 아니라는 말에 절대적으로 공감했다. 지난번에 아빠와 네가 말했듯이 농촌은, 괴산은 초고령 사회로 접어들고 있다. 일손이 부족하여 외국인 노동자가 없으면 감당을 못 하는 지경에 이르러 있다. 지금의 연세 드신 분들이 일손을 놓으면 농촌 사회가 어떻게 지탱되어갈지 암담한 것이 현실이기도 하다.

여전한 빗소리와 함께 날이 밝았다. 동네 할머니가 볶아주신 돼지감자를 정성스레 달였다. 몇 해 만인가에 맞는 따듯한 입동을 지나, 비가 그치는 오후부터 추워진다는 날씨 예보가 있어서, 따뜻하게 마실 것이 필요하다고 생각했다. 만나는 사람마다 주리라고, 있는 보온병을 모조리 꺼냈다. 홍명희 생가인 홍범식 고택 마당에는 만장이 펄럭이고 있었다. 한쪽에서 길놀이를 준비하는 모습이 보였다. 참석자 이름을 적는 천막 아래 들어서니, 동학운동 당시 전봉준이 돌렸던 연통문 서명판이 펼쳐져 있었다. 이름을 적는 마음이 사르르 떨렸다. 마침 아는 분이 계셔서 반갑게 인사를 나누었다. 옆 테이블에서는 손펼침막을 적도록 했다. "우리나라의 미래, 농업이 답이다." 함께 외쳤던 구호다. 마침 하늘이 밝아졌다. 부슬거리던 빗방울도 내리기를 멈추어서 얼마나 다행이던지. 쓸데없는 노파심으로 새벽잠을 설친 게 우스웠다. 행사 진행자의 마이크가 직직거리긴 했어도 순조롭게 이어졌다. 홍명희의 삼일운동에 대한 설명도 진행되었다. 그동안 마당은 모인 사람들로 가득 찼다. 아는 얼굴들이 많이 없어서 서운하긴 했지만 어쩌겠니, 돈 버는 일이 우선인 지금 세상이니 말이다.

가을걷이가 끝난 농촌이 조금 여유로워지는 이즈음이다. 그러나 괴산은 절임 배추 작업이 한창인 시기란다. 너의 친구들이 직장에 매여 여유를 갖지 못하는 것만큼, 이곳의 농부들도 돈 되는 일 앞에서 단 3시간도 양보할 여유들이 없구나. 어깨 겯고 여럿이 함께하는 일이 새삼 너무도 어렵다는 생각이 들었다.

손펼침막을 펼쳐 들고 만장을 앞장세워 행진을 시작했다. 앞에서 길놀이 패가 흥을 돋우었다. 긴 행렬은 도로를 메웠고 선글라스를 낀 교통경찰은 가다 서다를 반복하며 차량 통행을 위한 수신호를 보냈다. 선두에 선 차량에서 무어라고 계속 말을 하는데 도통 한마디도 알아들을 수가 없었다. 조금 천천히 또박또박 말하면 좋겠다고 혼잣말을 했다. 이제 생각하니 추진자에게 의견을 말해줄걸 하는 아쉬움이 남는다. 그렇게 도착한 기술센터에서는 미리 와 있는 사람들이 반갑게 맞아주었다.

드디어 민회를 시작했다. 농촌이 나아가야 할 길이라는 의제를 놓고 자유롭게 의견을 말하는 자리였다. 추진하는 단체마다 미리 준비한 의견들이 있었다. 농촌의 주민자치에 대한 의견이 대두되었다. 괴산군에 800여 개의 단체가 있다는 것에 놀라고, 의사결정위원회에 농민은 15퍼센트에 불과하다는 통계에 또 놀랐다. 농업군에서 의사 결정에 참여하는 농민이 15퍼센트라니, 그럼 농민을 제외하고 누가 결정한다는 말인가. 사회를 맡은 진행자가 앞에서부터 자리를 채워달라고 몇 차례 안내해서 충실히 따라 앞에 앉았다. 덕분에 뒷자리에 담당 공무원이 와 있었는지는 알 수 없었다. 이런 자리처럼 직접 민심을 듣는 자리가 흔치 않은 만큼 담당 공무원이 꼭 들어야 하는데도 참석

231

여부를 확인할 수 없었다. 하긴 담당 공무원이 와 있었다고 의
사 전달이 제대로 된다는 보장도 없다.

이어서 청년 문제도 제기되었다. 기본 생활 보장과 함께,
꼭 농업에 종사하는 것이 아니어도 지원이 필요하다는 의견이
었다. 의견을 듣는 도올 김용옥 선생이나 박진도 교수도 거들었
다. 가는 곳마다 제기되는 의견이라고 했다. 의견이 많으면 해
결책도 많아질까 의구심도 들었다. 청년 문제도, 농촌 문제도
이대로는 안 된다는 문제의식만 공유되는 모양이다.

의견이 모아지면 피드백이 있어야 한다. 그래야 모인 의
미가 있고, 다시 모일 수 있고, 희망이 생긴다. 소중한 자리였
고, 자리를 만들고 추진한 모든 분께 감사했다. 우리는 때때로
잊고 산다, 뭣이 중헌지. 놓치지 말아야 할 것들을 바쁘게 살아
가다 보니 그렇게 놓치는가 보다.

취향대로 사는 사람에게
척박함은 문제되지 않는다는 걸요

어젯밤 똥 꿈을 꿨습니다. 화장실 변기에 앉아서 똥을 누고 보니, 삼색 똥이 변기를 가득 메우고 있었어요. 그래서 부푼 마음을 안고 친구들과 로또를 샀습니다. 당장 시골에 예쁜 집을 짓고, 여유로운 농부가 되는 상상을 하면서요. 아내도 같은 꿈을 꾸고 있습니다. 그런 날아오르는 마음으로 친구들한테 물어봤어요. "로또 1등 되면 뭐 할래?" 정작 대답을 듣고 난 다음부턴 생각이 많아져 마음이 가라앉습니다. 일단 서울에 아파트를 산답니다. 그러고도 돈이 남으면 무언가를 하겠지만, 아마 집 사기에도 부족할 거라네요. 저는 여유만 있다면 당연히 시골에들 살고 싶어 할 거라 생각했는데….

왜 '서울'에 살고 싶을까요. 친구를 붙잡고 물어봤습니다. 친구는 '쉐이크쉑 버거'를 예로 들어 대답해주더군요. "괴산에는 쉐이크쉑 버거가 없잖냐. 있어봐야 롯데리아일 텐데, 그것이 서울과 시골의 차이다. 스타벅스는? 코스트코는?" 단박에 이해가 됐습니다. 친구는 시골에서 할 일도 딱히 없을 것 같다고 합니다. 농사 말고 할 게 있냐는 물음에 강남과 괴산 읍내를 번갈아 떠올려보고는 고개를 끄덕였어요. 집 문제도 한몫합니다. 살 만한 아파트가 없을 거라는 거죠. 관리받으며 사는 편리함을 벗어나서 산다는 것이 절대 좋아 보이지 않는다고요. 친구는 아무리 도시살이가 팍팍하더라도 끝까지 도시에서 살고 싶다고 했습니다. 얘기를 듣다 보니 '취향'이란 단어가 퍼뜩 떠올랐어요.

시골은 도시와 다릅니다. 저는 붐비는 강남 거리를 못 견뎌 합니다. 줄 서서 먹는 맛집의 수제 버거보다 한적한 해장국집이 좋아요. 그래서 제가 시골에 가 살겠다는 이야기를 할 수 있구나 깨달았습니다. '이것은 취향 차이구나!' 살아가는 집도 결국 취향의 문제입니다. 저는 평생을 아파트에서 살았지만, 늘 전원주택을 꿈꾸며 살았어요. 언덕 위의 그림 같은 집이라도 어머니 아버지 사시는 것 보면 불편함이 많죠. 창고에 쥐가 들어오고. 한파에 계량기가 얼어붙고. 오래 가물면 지하수가 메마르지는 않을까 걱정됩니다. 택시를 포함한 대중교통 이용이 어려우니 자동차도 꼭 필요하죠. 벌레도 많은 건 말해 뭐합니까.

그럼에도 불구하고, 저는 시골집이 좋아요. 마당이 있는 집에 살고 싶습니다. 한적한 곳에서 누군가의 눈치를 살피지 않고 북 치고 장구 치며 노래할 수 있는 집에서 살고 싶습니다. 가까이에서 농사도 짓고, 작업실도 마련하고요. 이런 집 물론 서울에도 있죠. 그런데 저는 그런 곳을 마련할 만큼 큰돈이 없네요. 그렇지만! 괴산이라면 한번 마련해봄직합니다.

최근에 반가운 사람 하나를 만났습니다. 예전에 같이 일했던 형이에요. 그런데 어떻게 그 형도 귀농을 생각하고 있습니다. 멋진 맥주 브루어리와 술집을 만들 계획과 함께요. 직접 홉을 기르기 위해 농사 교육도 받을 생각이랍니다. 이야기를 듣는 순간 환호가 터졌어요. 오랜만에 만났는데 같은 생각을 하고 있다니! 구체적인 귀농의 방향성은 다르더라도, 서울이 아닌 곳에 터전을 잡겠다는 생각을 하는 모습이 반가웠어요. 일을 꾸려가는 방식이나, 부를 쌓아가는 방향성도 결국 개인의 취향인 것 같았습니다. 사업하기에 주저함이 없는 형은 독립 생산이 쉬운 곳으로 자리를 찾아가는 반면, 안정적인 수입을 좋아하는 친구는 도시에서 일하며 살 궁리를 하게 됩니다.

귀농을 이야기하면 많은 분들이 척박함을 걱정하더군요. '그 척박한 곳에서 어떻게 살아가려고. 꿈 깨라' 이야기를 들을 때까지만 해도 사람들이 시골을 찾지 않는 이유가 열악한 환경 때문이라고 생각했습니다. 그런데 이제와 돌아보니 척박함이 문제가 아니라 취향의 문제입니다. 얼마 전 제주에 갔을 때 사진가 김영갑 선생님의 갤러리 두모악에 다녀왔습니다. 그곳 벽에 크게 적혀 있던 글이 인상 깊어 적어 왔습니다.

> 척박함 속에서도 평화로움을 유지할 수 있는 그 무엇을 찾을 수 있다면, 오늘을 사는 나에게도 그들이 누리는 것과 같은 평화가 찾아올 것으로 믿었다.

척박함 속에서도 평화로움을 유지할 수 있는 그 무엇을 저는 개인의 취향으로 이해했습니다. 취향대로 사는 사람에게 척박함은 문제가 되지 않습니다.

힘들더라도 평생 도시에 살고 싶은 친구. 저도 친구와 다르지 않습니다. 살고자 하는 곳이 시골일 뿐이죠. 귀농도 결국 옳고 그름보다 취향의 문제인 듯합니다. 무엇을 먹고, 어떻게 벌어서, 어디서 살지. 현실과 이상의 문제라기보단 선호의 문제입니다. 저는 도시보다 시골이 좋은 사람입니다. 아파트 담벼락보다는, 산을 볼 수 있는 창문이 좋아요. 고추밭 일구고 감자도 잘 가꿔보렵니다.

지금 이 순간에 척박하지 않은 곳이 어딨겠습니까. 도시도, 시골도 살아내기 퍽퍽하죠. 그럼에도 불구하고, 살고자 하는 곳이 있다면 그 사람에게 필요한 것은 용기입니다. 앞으로 준비해야 할 것들이 많습니다. 마음이 바쁘네요.

일흔에는 일흔의 호흡으로
행복해지겠지

하얗게 내린 서리에 마음부터 움츠러진다. 겨울의 문턱에서 불
청객인 잔기침으로 며칠째 콜록대고 있다. 잘 말려둔 파 뿌리를
달여야겠다.

어디선가 네 컷 만화를 본 적이 있다. 행인이 낚시를 하고
있는 사람에게 묻는다. "돈벌이는 안 하십니까?" 물어보니, 낚
시꾼은 "돈 벌어서 뭐 할 건데요" 한다. 행인이 다시 "자동차 사
고, 집도 사야지요" 하자 낚시꾼은 "그다음에는요?" 하고 다시
묻는다. 행인이 답한다. "여행을 하고, 좋아하는 취미 생활을 하
겠지요." 그러자 낚시꾼은 이렇게 말해. "그 좋아하는 취미 생활

238

을 지금 하고 있는데요."

얼마 전 시골살이에 관한 귀농 청년들의 대화 자리를 굳이 찾아가서 지켜보았다. 농촌의 현실과 각자의 농촌관을 서로 나누는 자리였다. 진행팀은 설문조사를 통해 귀농한 이유 다섯 가지를 꼽았다. 이유와 사연을 함께 소개해주더구나. 다섯 번째 이유부터 살펴보면, "도시 생활에 회의를 느껴서"였다. 한 청년은 꿈꾸던 국제회의 기획을 하게 되었지만, 밤낮없이 일하다 건강하고 아름다운 청춘을 잃겠다 싶어서 귀농을 했다는 거야. 그녀의 남편도 서울에서 설계를 하던 친구였는데, 잦은 야근으로 저녁 시간을 가족과 함께하지 못하는 생활에 지쳤다더라. 대담자는 출세해서 사회적 지위를 높이는 것에 목표를 두지 않고 소박하고 자유롭게 살고자 한다면 시골살이가 어쩌면 더 적절할지도 모르겠다고 맞받았지.

다음은 "가업을 잇기 위해서"라는 이유였어. 시골 사는 부모님이 나이 드시면서, 대대로 짓던 농사를 이어가고자 하는 뜻이 가족의 누군가로 이어지는 거지. 세 번째는 "가족, 친지와 가까이 살기 위해서"인데, 무려 9.9퍼센트의 응답자가 꼽았다. 대담자가 이렇게 많이 나왔냐고 진행팀에 되묻기까지 했지. 엄마가 보기에는 오히려 10퍼센트밖에 안 나왔나 싶은데 말이다.

도시에서는 가까이 살아도 가까운 게 아니지만, 시골은 그렇지 않아. 어서 네가 내려와서 가까이 살면 좋겠다는 마음이 언뜻 들었다.

스스로 의도한 바가 아닌데도 도시에서 부대끼며 살고 있다면, 경로를 바꿀 선택의 시간이 주어졌을 때 용기를 내야 해. 그때 삶을 따뜻하게 하기 위해 가족과 고향에 기대는 것도 훌륭한 결정이다. 사실 돌아갈 고향과, 정 붙일 친지가 있는 사람은 다행이다. 안타깝게 그럴 땅도 사람도 없는 이가 훨씬 많을 거야.

두 번째로 많은 응답은 "농업의 비전과 발전 가능성 때문"이라고 하는구나. 먹을거리에 대한 청년들의 진지한 생각이 돋보였다. 한 청년은 농부라는 직업 자체가 중요하고 먹을거리를 생산하는 농부는 없어지지 않을 블루오션이라고 생각해서 일찍부터 귀농하겠다는 마음을 먹었단다. 식량 안보와 관련해서, 농업이 국가적 전략산업으로 자리매김할 거라는 이야기도 나왔다. 기후 위기로 농업의 피해가 커지겠지만, 전 세계적인 위기 앞에서 농업의 구조가 달라지고 정책적 비중이 올라갈 거라는 희망적 전망도 있었지. 대화를 나누는 현장 앞에 보이는 언덕은 칡넝쿨로 덮여 있었다. 대담자는 그런 언덕조차 태양광으로 재생에너지를 생산하는 귀한 자원이 될 수 있다며, 시골은 기회의 땅이라고 어필하더구나. 농업이 가지고 있는 공익적 기능을 인정해야 한다는 이야기도 나왔다. 농업은 행복 총량을 늘리는 쪽으로 변화하고 있다는 말에, 정말 그랬으면 좋겠다고 마음속으로 끄덕였다. 수도권의 다양한 문제를 해결하기 위해 농촌을 살려야 한다는 이야기에, 모여 있는 모든 사람이 손뼉 치며 환호했어.

귀농하게 된 계기로 가장 많은 사람이 꼽은 이유는 "자연이 좋아서"였단다. 그것은 아마도 귀촌한 사람들이 응답한 것이 아닐까 가늠해본다. 진행을 하던 친구도 청년들이 귀농한 이유로는 가업을 잇기 위해서나, 도시 생활에서 느낀 회의감이 대부분이 아닐까 생각한다는 의견을 보이더구나. 그 친구는 시골 생활에 어려운 점이 없고 행복감으로 충만하다고 거듭 강조했어. 엄마는 그런 말들이 낯설다 못해 거북했다. 농사짓는 일이 아주 많이 힘들고 노력하는 것에 비해 터무니없이 보상이 적다고 느끼고 있기 때문이다. 그 친구가 긍정적이어서 그럴 수도 있고, 무언가 의도한 말이었을지도 모르겠다. 여하튼 포장되고 미화된 표현으로 받아들여졌어.

너희 아빠와 집에 돌아오는 길에 이야기를 나눴다. 간담

회에서 못내 아쉬웠던 점을 꼽는다면, 시골에서 각자가 개선해야 할 사항들을 조금 더 적극적으로 이야기했으면 어땠을까 하는 것이다. 엄마가 너무 많은 것을 그들에게 기대했나 보다. 그래도 이렇게 생각을 나눌 자리를 만드는 그들이 어찌나 대견하던지. 네 아빠도 괴산이 정말 살기 좋은데 사람들이 잘 모른다고, 아주 다행인 것은 그런 청년들이 이곳에 둥지를 틀고 자신들의 미래로 농업을 택해서 열심히 살아가고 있다는 사실이라더라. 한걸음에 시골에 오고자 하는 당찬 며느리와 아들을 생각해본다.

앞서 이야기했듯, 돈 벌어 집 사고, 자동차 사고, 돌고 돌아 취미 생활을 즐길 거면, '할 수 있는 지금 당장 즐기는 것도 방법이 되겠구나' 하고 생각한다. 나이가 든다는 것이 많은 것을 내려놓게 한다. 날마다 다니던 길에서 서리가 내릴 때까지 피어 있는 꽃을 보며 애처로움에 젖는 시간도 향기롭다.

이제 너희를 맞을 준비를 할 때가 된 것 같아. 어느새 청년들에게 자리를 내어주고, 그들이 어떻게 생각하고 행동하는지 멀찍이서 보는 나이가 되었다. 청년들에게 '하지 마라, 그거 해봤자다' 하는 사람이 아니라, '괜찮다, 할 수 있다'라고 응원하고 힘닿는 대로 도움이 되는 사람이 되고 싶구나. 그렇게 일흔에는 일흔의 호흡으로 행복해지겠지.

내년에 어떤 씨앗을 어디에 심을까, 가슴 벅찬 고민입니다

초겨울이 좀 따뜻하다 싶었는데, 마지막 달에 들어서니 금방 추워졌습니다. 퀴퀴한 좀약 냄새를 헤치고 롱패딩을 꺼냈어요. 어머니 잔기침은 좀 나아지셨는지 걱정입니다. 올해 초, 기온은 영하 10도를 오가던 겨울이죠. 마지막 변호사 시험을 치르고 나서 아내와 함께 괴산에 갔습니다. 아버지는 고생했다며 고기를 구워주겠다 하셨어요. 전기 불판에 해 먹어도 충분한데, 꼭 숯불구이를 해주시겠다며 불을 피우셨죠. 분명 아들평계로 사셨을 게 뻔한 새 화로를 선보이는 자리였습니다. 그렇게 마당에서 거실까지 몇 번이고 날라 주시는 고기를 맛있게 먹었어요. 고기

243

를 든든히 먹고 나서 온 가족이 마당에 피워놓은 불 앞으로 모여 '불멍(불을 보며 멍 때리기)'을 했어요. 가끔 타닥타닥 불씨가 튀어 패딩에 구멍이 나진 않을까 걱정했지만, 너무나 따뜻한 겨울이었습니다.

얼마 전까지 '방학'이 있는 삶을 살았습니다. 봄 학기가 끝나면 여름방학, 가을 학기가 끝나면 겨울방학이었어요. 다음 학기가 시작되기 전까지 자유로운 시간이었습니다. 못 읽던 대하소설도 몰아 읽고, 시간이 필요한 공부를 하거나, 여행을 가기 좋은 때였습니다. 이런 방학이 좋아 보여서 한동안, 선생님이 되면 참 좋겠다는 생각을 하기도 했죠. 그런데 일을 한 지 10년이 넘어가는 아내는 그런 '방학'을 가져본 지 오래됐습니다. 휴가를 내는 것도 잠시, 다시 회사로 돌아갑니다. 용기를 내서 사표를 집어던지더라도 다른 자리를 찾아가야 했죠.

시골의 겨울은 사뭇 달라 보입니다. 절임 배추로 이름난 괴산이라도 김장철이 지나면 한가해 보여요. 벼를 기르느라 힘들었을 논도 겨울에는 쉽니다. 특별히 1년 내 쉬게 해주기도 하는데, 그걸 휴경기라고 한다고요. 어머니는 휴경기를 가졌던 조상들의 지혜 이야기를 하시다, 요새는 밭 일굴 사람이 없어서 마냥 놀리는 땅이 늘고 있다며 한숨 쉬셨죠. 로스쿨에 다니면서

'대학원생'으로 살았습니다. 교수님들과 같이 생활하며 보고 들은 게 많죠. 종신직을 따내신 교수님들이 이런 휴경기를 가지는 걸 본 적 있어요. 안식년. 또는 더 전문적인 공부를 위해 연구년을 떠나기도 하고요. 훌륭한 나무를 길러내기 좋은 땅이 되기 위해 반드시 있어야 할 '방학'이라 생각합니다. 안식년, 연구년을 내리 쓰신 교수님들은 다시 교편 잡기가 어렵다 했죠. 그래도 나무를 길러내던 기름진 땅은 수풀 더미 아래에서 얌전히 새 농부를 기다리고 있으리라 믿어요.

어렸을 때, 교회에 다녀오는 길이면 논에 물을 채워 만든 스케이트장에 들렀습니다. 화서역 근처에 있었죠. 비닐하우스 옆 논에 물을 채워놓으면 그대로 얼어서 스케이트장이 되었습니다. 제가 기억하기로는 여느 아이스링크와 같이 입장료와 스케이트 대여료를 내야 했어요. 사장님은 스케이트장 옆 하우스에 난로를 피워놓고 어묵과 커피를 파셨어요. 생각해보니 정말 대단한 수완이었습니다. 놀고 있는 논에 물을 채워서 입장료를 받는다니! 스케이트를 열심히 타다 보면 허기져서, 엄마한테 어묵을 사달라 조릅니다. 난로 앞에서 커피를 마시고 있던 엄마는 이미 어묵 냄새에 출출해지던 참. 가족들이 오손도손 모여 어묵을 먹습니다. 한겨울에 1호선을 타고 화서역을 지나갈 때, 하우스가 보이면 그 어묵 생각이 납니다. 아직도 논밭 위에서 스케이트를 타며 노는 아이들이 있을까 생각해봐요.

찾아가기도 멀고, 뛰어노는 아이들도 적은 괴산이지만, 제가 생각하는 시골의 겨울이 그렇습니다. 어느 정도 바쁜 일이 끝나가면, 겨울방학을 맞는 시골이에요. 책도 몰아 읽고, 뭔가 만들어보기도 하며, 잠시 서울에도 다녀올 틈이 생기는 시간이 아닌가 합니다. 방학은 휴가와 다릅니다. 성실한 학생은 학기보다 방학을 더 바쁘게 지내요. 성실한 농부도 마찬가지겠죠. 이리저리 하우스를 손보고, 계량기가 동파되지 않게 잘 싸매며, 버려진 나뭇가지들과 나무를 주워 모아 땔감으로 잘 정리해놓습니다. 어머니의 겨울이 그렇게 바쁘실 거란 것도 잘 알아요.

저는 농번기보다 농한기에 더 바쁜 농부이고자 합니다. 낮에는 밭을 일구고 밤에는 글을 쓰고 싶다 생각했지만서도, 귀농해야겠다는 결심에 가장 보탬이 된 건 '겨울'이었어요. 겨울이 되면, '이걸 해보자, 저걸 해보자' 하며 온 가족이 머리를 모아 하고 싶은 일을 궁리해갈 생각에 설렙니다. 일단 올겨울에는 괴산 집 뒷마당부터 정리할 요량이에요. 작은 하우스를 세워두면 어떻겠습니까. 그래서 누나와 날을 잡아 내려가기로 했습니다.

직장인인 아내는 자신이 좋아하는 일에 온전히 정신을 쏟을 시간을 간절히 바라고 있어요. 매해 연차가 나오고, 주말에도 쉽니다. 가끔은 특별한 휴가를 받기도 해요. 그런데 아내를 보고 있자면, 이런 휴가는 말 그대로 일하느라 지친 사람들에게 다시 일할 만큼의 기력을 보충할 시간에 그치는 듯합니다. 시골의 겨울은 어떤가요. 어쩌면 마찬가지일지도 모르겠습니다. 봄, 여름, 가을에 정말 힘들었을 몸을 쉬어주는 기간으로 그칠지도 모를 일이죠. 그런데 사람이 겨울잠을 자는 것도 아닌데, 뭔가 할 수 있지 않을까요. 겨울입니다. 내년에 어떤 씨앗을 어디에 심을지 고민해봅니다. 가슴 벅찬 고민입니다.

무슨 일이든
마법처럼 순간에 이뤄지진 않아

하얗게 내린 서리에 푸른빛을 보이던 풀들이 오들오들 떨고 있다. 밭에는 조금 작게 여물어 절임 배추로 선택받지 못한 푸른 잎의 배추들도 덩달아 웅크려 서리를 이고 있단다. 들마루 위 막둥이도 서리를 온몸으로 받으며 그대로 그렇게 앉아 있다. 막둥이 집이 작아서인지, 집의 바닥이 더 차가운 것인지 물어볼 수도 없고, 보는 마음이 안쓰러워 눈을 마주칠라 하면 꼬리를 흔들며 벌떡 일어선다. 담요를 덮어주고 깔아줘봐도 그저 놀자는 이야기인 줄만 아는 거 같아.

아주 어렸을 적, 스케이트 타던 추억을 생각해냈구나. 엄

248

마는 그 이야기를 읽으며, 5년 전쯤인가 이곳 괴산에 와서 네가 삼동이(우리 집 고양이)하고 썰매를 타던 그때를 떠올렸는데 말이다. 물을 빼지 않은 논이 꽝꽝 얼어 있었지. 저기서 썰매 타기 좋겠다는 누군가의 지나가는 말에 퍼뜩 썰매를 주문했다. 앉아서 꼬챙이로 밀어야 하는 나무 썰매를 인터넷에서 구매할 수 있다는 것도 신기하고 반가웠다. 마당 한쪽에 썰매를 세워놓고 네가 오는 날을 기다렸지. 너는 오자마자 썰매를 보고 "웬 썰매?" 하더니 한걸음에 얼어붙은 논으로 갔다. 오랜만에 타볼 텐데도 씽씽 속도를 내는 게 용했는데. 삼동이가 어느새 쫓아 내려와 야옹야옹 울었어. 위험하니까 타지 말라는 건지, 자기도 타보겠다는 건지. 삼동이를 안고서 이고서 썰매 타던 모습이 생각난다. 그 썰매 어디에 있나 찾아봐야겠다.

생협 활동 중에 그런 행사가 있었다. 아파트에서 나고 자란 아이들에게 시골에서의 놀이를 체험하게 하는 '외갓집 나들이'라고. 체험 프로그램에는 군고구마 구워 먹기, 야트막한 언덕에서 비료 포대로 썰매 타기, 추수가 끝난 텅 빈 논에서 달집 태우기 따위들이 있었지. 그렇게라도 아이들에게 시골의 정서를 느끼게 하고 가슴에 품게 하고 싶었던 거야. 어쩌면 엄마들의 향수를 실낱같이 이어가기를 바라는 욕구가 투영된 것일지도 몰라. 그나마도 요즘엔 찾아보기 힘든 프로그램이다. 옛것을 잃어가는 것은 놀이 문화도 마찬가지란다. 동네 노인회장께 여쭤보았다, 예전엔 겨울에 뭐 하고 지내셨느냐고. 땔감으로 나무를 하러 다니느라 겨울에도 내내 바쁘셨다고 혀를 차시더구나. 장작을 패서 쌓아놓아야 했고 다음 해 여름에 쓸 땔감도 준비해야 했단다. 무슨 일이든 마법처럼 순간에 이뤄지지 않으니 농한기라고 불러도 바쁘게 다음 해를 준비하는 기간이 되는 거지. 더 바빴다는 말에 놀이는 뭐가 있었냐는 질문은 꺼내놓지도 못했단다.

괴산의 부지런한 농부들은 요즘에도 바쁘다. 절임 배추를 끝내고 밭에 있는 비닐을 걷어내는 작업을 한다. 밭에서 잎을 다 떨군 채 오뚝하게 서 있는 콩을 베고 수확하고 있다. 알뜰한 할머니들은 콩을 거둔 밭에서 떨어져 있는 콩을 줍기도 한다. 너른 밭에서는 한 말씩 줍기도 한다면서 부지런함을 몸소 보여주기도 한다. 이 즈음에 볼 수 있는 풍경이란다. 콩을 털고 정선하는 작업 또한 만만하지 않다. 제법 넓은 면적에 콩을 재배하면 농업기술센터에서 정선기를 이용할 수 있지만 한두 짝 정도의 양은 일일이 콩 고르는 작업을 해야 한다. 한 알 한 알 선별하는 그 모습은 어디선가 많이 본 그림 같지만 그 지루함을 견디고 나서야 콩이 온전히 제 역할을 찾을 수 있단다. 이렇게 콩 하나도 쉽지 않다.

콩 선별 작업 뒤에 수매가 끝나고 나면 동지를 전후로 마을별로 동계가 열린다. 코로나가 확산되기 전에는 가을걷이가 끝나면서부터 동네 어른들은 마을회관에 모여 공동 식사를 즐기셨지만 언제 그렇게 다시 모일지, 지금은 깜깜한 상황이구나. 올해 동계도 열 수 있을는지 모르겠다. 현재 상황이면 어려울 거 같다는 주변 의견이 대부분이다. 코로나 덕에 혜택을 받는 일도 생겼다. 너희 아빠가 정부에서 정한 정식 '노인'의 나이에 진입했는데, 노인회에 나오는 기금으로 개인별로 생필품을 지급하는 거야. 식사 자리나 노인정에 쓰일 돈들을 노인 분들에게 쓰는 거지. 세탁 세제를 받았고, 진간장을 나눠 주시는가 하면, 생닭을 주서서 3일 내내 닭국을 먹기도 했단다. 오늘은 또 화장지를 주서서 요긴하게 사용하겠구나. 전 국민 지원금이 좋은 이유를 새삼스럽게 피부로 실감하는 기회가 되었단다. 이제 막 노인이 되어서 마을회관에 가기도 머쓱한 젊은 노인에게까지 공평하게 돌아온 개인별 지급이 주는 혜택을 희희낙락 누렸다.

그렇게 12월이 가고 나면 맞이하는 새해 벽두부터 농업기술센터에서 실시하는 작목별 농업인 교육이 있다. 올해 새롭게 밭농사를 시작한 만큼 새해에는 부지런히 교육을 받으려고 생각하고 있다. 너희 아빠처럼 유기농업 기능사까지는 아니더라도 작물의 특성과 재배 요령은 제대로 배워야겠다. 어깨너머로 배운 것으로는 너무 많이 부족하다고 실감한 한 해였거든.

그거 아니? 노래도 잘생긴 노래가 있더구나. 물론 개인 취향임을 전제로 말이다. 재즈 가수 말로가 부르는 〈에이야 홍 술래잡기〉의 노랫말을 전해주고 싶다.

술래하는 사람들 샛눈 뜨기 없기. 꼭지하는 사람들 멀리 가기 없기. 에이야 홍 에이야 홍. 먼저 찾은 사람들 놀려대기 없기. 들켜버린 사람들 떼 부리기 없기. 약속대로 약속대로 가위바위보로 나온 대로 꼭 꼭. 술래하는 사람들 앉아 쉬기 없기. 꼭지하는 사람들 아주 가기 없기.

술래를 하더라도, 먼저 술래에게 잡히더라도, 괜찮다. 쉽게 풀리지 않더라도, "에이야 홍 에이야 홍" 흥얼거리며 살면 좋겠다. 마음먹은 대로 그내로 그렇게!

농한기의 분투기

•
•
•

생명이 움츠려 있는 겨울이 농한기이긴 하다. 그
겨울에, 못 했던 여행을 하면서 고단했던 마음을 어루만
지며 보내곤 했다. 그 여행이 코로나의 역습으로 무산되
면서 일상도 잔뜩 움츠려야 했다. 그렇게 움츠렸다고 해
도 시간은 어김없이 흘러갔다. 그리고 새해가 시작되니
해마다 하는 영농교육 현수막이 걸렸다.

아로니아 나무에 대한 영농교육은 없었기에 그동
안은 무심히 지나갔다. 그런데 영농교육이 자꾸 아른거

렸다. 기술 센터에 전화를 했더니 고추 교육은 이미 인원이 마감되었단다. 그제야 깨달았다. 영농교육을 애타게 기다리는 사람들이 많다는 것을. 미생물과 콩 교육을 신청했다. 매주 금요일 오후에 진행된다고 했다. 그러는 중에 코로나 확진자의 증가로 집합교육이 금지되면서 온라인 교육으로 변경되었다. 그래서 고추 교육도 온라인으로 받을 수 있었다. 필요한 사람에게는 온라인 교육도 얼마나 큰 보탬이 되었는지 새삼 감사했다. 영농교육만이 아니다. 괴산에 오던 첫해부터 시작했던 그림 그리기를 하고 싶었다. 농사일로 바빠서 못 하고, 여타의 다른 활동에 매여 후순위로 밀렸던 취미 활동이다. 한겨울이 가기 전에 시작하고 싶었다. 마침 문화원의 배려로 공간 확보를 먼저 할 수 있었다. 같이 할 사람들을 모았다. 어딘가에 있던 희망자들이 나타났고, 그렇게 매주 1회, 함께 그림을 그렸다.

좋아하는 활동을 함께 한다는 일은 멋진 것이다. 가슴이 콩닥거리는 즐거운 활동이었다. 더구나 스케치북 한 면을 가득 채운 그림 한 장에, 뿌듯함을 담아낸 흐뭇함이 넘실거렸다. 그 와중에 유튜브 교육이 있다는 소식을 접했다. 도전해보자는 의욕을 세웠다. 평소 컴퓨터를 잘 다루지 못해 일이 있을 때마다 전전긍긍하면서도 무슨 용기로 신청했는지 지금 생각해도 우습다. 간단히 페이스북에 소식을 올리는 정도로 여겼던 모양이다. 어쨌거나 시작은 당당하게 했다. 그것도 매주 1회 오후 시간을 고스란히 바쳐야 했다. 횟수를 거듭할수록 따라가지 못하는 수업이 부담스러웠다. 교육이 있는 날은 오전부터 신경이 곤두서곤 했다. 그래도 시작한 일이기에 중간에 그만두기는 자존심이 너무 상했다. 그야말로 꾸역꾸역, 마지막 시간까지, 꼬박 두 달을 수강했다. 그렇게 코로나 펜데믹 속에서 농한기를 빡세게 보냈다. 자신을 토닥거리며 말을 건다. 그래, 애썼어.

어
머
니
께

저는 지금
'별일 없이' 삽니다

어머니 글을 읽고 말로의 노래를 한참 들었네요. 제가 좋아하는
가수도 소개해드릴까 합니다. 밴드 장기하와 얼굴들입니다. 목
소리 고운 가수들을 따라 하기보다 자기 이야기를 그저 자기 호
흡대로 노래하는 장기하의 목소리가 좋습니다. 드러머 출신답
게 위트 있는 박자감도 돋보입니다. 특히나 장기하와 얼굴들의
1집 《별일 없이 산다》를 좋아해요. 왠지 남들이 가라는 길보다
노래를 하겠다고 결심하게 된 가수 장기하의 마음이 보이는 듯
합니다. 1집의 수록곡들을 제 해석대로 풀어보자면 이래요. 사
람들이 이야기하던 젖과 꿀이 흐르는 곳을 찾아왔는데 〈여긴 아

무엇도 없잖어〉. 늘 하던 대로 〈싸구려 커피〉 마시며 시간만 축 내고 있지 말고 이제는 떠나자며 부른 노래가 〈달이 차오른다, 가자〉. 그렇게 달 따러 갈 적에도 우리는 〈느리게 걷자〉. 뛰어 다니는 사람들 사이로 이렇게 느긋하게 다녀도 〈별일 없이 산 다〉며 노래하는 장기하가 좋습니다.

수능을 마치고 나오던 길이 아직도 생생합니다. 가채점을 하고서는 '나는 망했다'라며 방문 걸어 잠그고 말 시키지 말라 며 생떼 부리던 것도 생각나네요. 지나고 보니 인생 운운할 정 도로 중요한 건 아니었습니다. 수능 치기 전까지 선생님들이 그 랬어요. 명문대 정도는 다녀야 사람들이 목소리를 들어준다며 허튼 생각 말고 학교 잘 가라고요. 아무도 모르는 학교 가면 아 무도 모르게 죽을 거라던 무지막지한 선생님도 있었습니다. 그 말은 틀렸어요. 대학교 이름이 무슨 죽을 자리까지 결정하겠습 니까. '아마 선생님이 하려는 말은, 공부 열심히 해서 대학을 잘 가면, 좋은 곳에 취직하고, 훌륭한 배우자 만나서, 예쁜 아파트 에서 아들딸 하나씩 낳고, 행복하게 살다가 편히 죽을 수 있다 는 뜻이었겠거니' 하고 좋게 생각해봅니다.

얼마 전까지 저는 그런 선생님의 트랙을 따라 살았습니 다. 그대로만 살면 잘살게 될 줄 알았습니다. 젖과 꿀이 흐르는 기름진 땅이 나온다길래, 열심히 왔는데 '아무것도 없었습니다'. 제가 결국 그런 땅에 다다르지 못한 걸까요. 되돌아가기엔 너무 멀리 와서 한숨 푹푹 쉬며 손에 들린 법전을 붙잡고 있었어요. 어떻게 살아야겠다 생각한 바를 말해도 아무도 못 알아들을까 봐 겁났습니다. 그래도 '차오르는 달'을 보면서 가만히 있을 수가 없었기에, 아내에게 이야기했어요. 생각대로 살아야겠다고. 무지막지했던 선생님 같은 사람들이 눈을 부라려도 우리는 '천천히, 여유롭게 가보지 않겠냐'고 물었습니다. 가끔 창밖으로 지는 해를 보며, 아내에게 '싸구려 커피'밖에 사주지 못하면 어쩌나, 내가 잘못 생각한 거면 어떡하나 하는 걱정을 하기도 하지만, 저는 지금 '별일 없이' 살고 있습니다. 이렇게 보면 언젠가부터는 제가 꼭 장기하와 얼굴들 1집 수록곡을 따라 온 것만 같아요.

사람들은 어떤 일이든 다른 길로 걷는 사람들은 틀렸고 자신이 맞았다는 걸 스스로 확인하고 싶어 하는 듯해요. 물론 저도 그렇습니다. 저와 생각이 다른 사람이 괴로워할 때면, "그것 봐! 내가 말했지"라는 말이 혀끝에서 맴돕니다. 요새는 제가 이런 말을 듣습니다. 별로 하는 일 없이 사는 것 같아서 그러는 걸까요. 정말 가까운 친구들이 저를 두고, 이제라도 변호사 시험을 다시 준비해보라는 말을 해줘요. 제 걱정에 하는 말이겠지만, 묘하게 그 선생님이 생각납니다. 그 친구들에게 꼭 들려주고 싶은 노래가 장기하와 얼굴들 1집의 마지막 수록곡인 〈별일 없이 산다〉예요. 노래는 이렇게 시작해요.

니가 깜짝 놀랄 만한 얘기를 들려주마. 아마 절대로 기쁘게 듣지는 못할 거다. 뭐냐 하면 나는 별일 없이 산다. 뭐 별다른 걱정 없다. 이렇다 할 고민 없다.

변호사의 꿈을 접고, 1년입니다. 입시를 준비하고, 로스쿨을 다니면서 '떨어지면 어찌 될까' 상상하는 것조차 두려웠는데, 오히려 사는 게 재밌어졌습니다. 생각해보면 내가 길을 잘못 든 거면 어쩌나 하는 마음은 언제나 가지고 있던 것 같아요. 더 많은 것을 이루고 싶다는 마음도 마찬가지입니다. 달라진 것은 조금 더 마음 들여 공부할 거리를 찾아냈다는 거예요. 저는 언제나 주변에 위안과 자극이 되는 사람으로 살고자 했고, 앞으로도 그럴 겁니다. 변호사 시험이 한 달도 채 남지 않았습니다. 세 번째 시험을 준비하고 있을 동기들에게, 그리고 시험에 든 모든 이에게 힘이 되었으면 해요. 원하는 결과를 얻으면 변호사

(혹은 그 무엇)가 되는 거니까 잘된 거고! 그렇지 못하더라도 이렇게 나처럼 하루하루 신나고 즐겁게 살 수 있으니까 너무 걱정 말라고요.

함께 불렀던
희망의 노래처럼

조만간 생인손을 앓을 것 같다. 네가 늘 말하듯이 서두르지 말아야 하는데, 어쩌다 박스 사이에 새끼손톱이 걸려 살이 벌어지더니 욱신거리고 아프다.

어깨가 움츠러드는 이즈음을 어떻게 지내시나 궁금해서 동네 할머니께 전화를 드렸다. 심심하지는 않으시냐 여쭸는데, 대뜸 김치 통 하나 들고 내려오라신다. 지난번에 잠깐 들러 이런저런 이야기를 하는 중에 올해는 동치미를 안 담갔다는 말이 마음에 걸리셨던 모양이다. 덜렁 김치 통만 들고 가기 민망하여, 뭘 담아서 내려갈지 한참을 찾다 내려갔다. 할머니는 집 앞

텃밭에 마늘을 심으셨어. 그 위에 도리깨질로 타작을 마친 콩깍지를 이불처럼 아주 곱게 덮어주셨더구나. 콩깍지 이불을 보며 혼자 웃었다.

사람이란 자신이 듣고 싶은 이야기만, 보고 싶은 사실만 골라 듣고 보기 마련이다. 몇 해 전, 트로트가 너나없이 이야깃거리로 오르내릴 때야. 뭔가 어르신들 눈에 들려 애쓰는 청년을 보는 듯, 마음이 안 좋아져서 일절 관심을 두지 않았다. 편향된 종편 채널에서 나오는 것이다 보니 더 싫었던 게 아닌가 싶다. 이야기를 받아들이는 사람만큼 이야기를 전하는 사람의 역할도 중요하잖니. 진실이나 가치보다 얻거나 잃게 되는 것에 마음을 쓰다 보면, 편향되고 왜곡되기 마련이야. 득이 되는 것이라면 크고 잘 보이게, 실이 되는 것은 보잘것없게. 성향에 따라 자신이 원하는 것만 선택하는 일상을 마주하면서 스스로 돌아보게 되는구나. 그런 사람이 아니면 좋겠다만, 조금만 마음을 놓으면 똑같은 사람이 되겠지.

'아침이슬 50주년 콘서트'에 초대를 받았다. 괴산에 내려오기 전에도 마음은 있으나 콘서트를 찾아다닐 만큼의 여유가 없었던지라 반가웠다. 더구나 김민기 기념 콘서트라니, 가슴이 콩닥거렸다. 공연은 1부, 2부로 나누어 진행됐다. 1부에서는 오프닝에만 오케스트라 연주가 있었고 출연진에 따라 각자의 밴드가 함께했다. 출연진이 바뀌고 노래가 거듭될수록, 숨이 깊어졌다. 특히나 그 리듬이 좋았던 〈아름다운 사람〉을 들으면서 코끝이 찡해지고 스멀스멀 물기가 고였다. 노래마다 더해지는 이야기 역시 가슴을 흔들었다. 그래, 엄마에게도 이런 노래를 듣고, 또 따라 부르던 젊은 시절의 뜨거운 가슴이 있었다고 돌이켜보았다. 2부는 오케스트라와 함께였다. 〈상록수〉를 들으면서는 지난날에 스쳐 지나간 장면들이 머릿속을 맴돌았다. 과하지 않은 현악기들의 소리가 애잔함을 더했다. 그런 감정은 〈아침이슬〉에서 절정에 이르렀어. 목소리를 꾹꾹 눌러가며 마스크 속에서 소리 없이 따라 불렀다. 가슴에 새겨진 노랫말이 저절로 목을 타고 올라오기에 억지로 참을 수가 없었다. 함께하는 현장에서 빠지지 않고 목청껏 부르던 노래 아니던가. 노랫말이 가진 힘으로 군홧발에 짓밟히면서도 포기하지 않게 했지. 그렇게 함께 불렀던 노래. 제각각의 모습으로 살아온 많은 사람들이 하나 되게 하는 구심점이었다. 간절한 마음으로 부르는 희망의 노래가 있었기에 끝끝내 견뎌낼 수 있었다.

　　노래가 주는 위로는 우리네 엄마의 엄마인 할머니들에게도 있었다. 날마다 힘들게 일하던 할머니들에게 꽃 피는 때가 오면, 꽃놀이 다녀오라고 주어지던 하루의 휴가. 찢어지게 가난하던 때 글조차 배울 필요 없다며 학교에서 멀어졌던 할머니들이지만, 꽃이 피는 시절에 꽃놀이로 하루를 마음껏 자유롭게 즐겼다는 사실은 엄연히 민중의 삶 속에서 이어져왔단다. 공연은 2시간을 훌쩍 넘겨서 끝이 났다. 괴산에서 오전에 출발하였는데, 돌아올 적에는 캄캄한 밤이었다. 김민기 헌정 콘서트에 온전히 바친 하루였다. 들인 시간이 길었던 만큼 여운도 길다. 괴산에도 이런 콘서트가 있으면 좋으련만.

한 해의 끄트머리에 섰다. 지난 8개월 남짓 글 쓰느라 고생했다며, 신문사로부터 생각하지도 않은 선물을 받았다. 환경을 생각한 선물들이라 더 좋았다. 1년을 정리하는 의미가 있다는 것이 한편 쓸쓸한 마음도 들더구나. 한 해를 돌아보면 고맙고 좋은 사람들이 많다. 만나서 밥 먹고 싶은 마음을 누르며, 대신 마음을 전할 연하장을 사려고 우체국에 들렀더니 준비한 물량이 다 떨어졌다는구나. 대신 주소와 내용을 주면 연하장을 인쇄하여 보내주겠다고 했다. 연하장에 손 글씨로 꾹꾹 눌러쓰며 이름을 부르고 싶은 건데, 안부마저 인쇄해서 보내는 것이 무슨 의미가 있나 싶어 그냥 돌아 나왔다. 못내 아쉬운 마음에 읍내에 있는 문구점에 들렀다. 요즘엔 연하장이 안 나온단다. 모든 게 카카오톡으로 전해지는 게 분명해진 지금이구나. 이참에 연하장을 직접 만들어볼까 하는 생각이 든다. 그 연하장엔 이렇게 쓰고 싶다. "놓고 싶지 않은 희망의 노래가 있습니다. 함께 부르고 싶은 노래가 있습니다. 그때 한마음으로 불렀던, 그 희망입니다. 새해에 바라는 간절한 소망입니다."

새로 올 봄을 기다리며

생각지 않은 여정이었습니다. 더구나 주제가 귀농이라니, 펄쩍 뛰며 두 팔 걷고 말릴 일이라 여겨졌습니다. 10년 농사를 지었어도 이렇다 할 수익을 내지 못하는 심정을 어떻게 풀어낼지, 마감 일을 앞두고는 고심이 깊어졌죠. 그런데 회차를 거듭해 나갈수록 말리기는커녕, 조금씩이나마 공감하는 부분이 늘어갔습니다.

'뭣이 중헌디.' 사람 살아가는 일에 정말 중요한 가치가 무엇인지 곱씹어보았어요. 어미의 마음은 흔들리고 귀농하겠다는 아들은 자신의 생각을 공고히 쌓아가고 있음을 여실히 보여주었습니다. 엄마, 아빠, 아들딸, 며느리에 사위까지 온 가족이 머리를 맞대어 '귀농'을 고민하는 모습은 사뭇 진지합니다.

언제였을까요, 청량리 광장에 모여 있었습니다. 재원이 없는 시민단체 활동가들이 숙박비 없는 1박 2일을 함께하기 위한 첫 모임이었어요. 열차가 막 출발했을 때, 전화벨이 울렸어요. 다급한 큰아이의 목소리는 가늘게 떨리고 있었습니다. 동생이 친구들과 놀다가 넘어졌는데 팔뚝에 연필심이 박혔답니다. 어쩌면 수술해야 할지도 모른다고 울먹였어요. 일단 아이를 안심시켜야 할 거 같아서 '연필심 박힌다고 죽진 않는다'고 말했던 거 같아요. 벌써 20년도 더 전의 일입니다. 지금 생각해도 어떻게 그렇게 말했는지 웃음이 납니다. 어찌저찌 달래고 저는 활동을 마치고 나서야 돌아왔어요. 그렇게 작은아이에게는 마음의 빚이 여러 가지입니다.

아이는 어렸을 때부터 하고 싶은 일이 정말 많았어요. 어린아이에게 앞으로 뭐가 되고 싶은지 물어볼 때마다 하고 싶은 일이 달랐습니다. 주야장천 선생님이 되고 싶다고 대답했던 나의 어린 시절과는 비교할 수가 없었죠. 소방관이 되고 싶었다가, 프로 게이머가 되고 싶다거나, 과학자가 되겠다거나, 급기야는 대통령이 되고 싶다고 했던 거 같습니다. 아이 같음에 감동해서 웃음 지으면 자신은 진지하다며 성을 내기도 했어요. 좋아하는 마음도 분명해서 한번 좋아하는 것이 생기면 고집도 대단했어요. 아이는 레고 장난감을 많이 좋아했는데, 아이와 상의 없이 아나바다 장터에 내놓았다가 두고두고 핀잔을 들어야 했습니다.

그런 아이에게 종종 질문을 받습니다. 연장자라는 이유로 먼저 경험한 것을 듣고 싶어 합니다. 무언가 물을 적마다 해준 이야기는 '스스로 믿는 만큼 성장한다'는 것이었습니다. 살아가는 순간순간 선택을 합니다. 평생을 살아왔어도 매번 선택을 앞두고는 어떡해야 할지 고민이 됩니다. 늘 훌륭한 선택이었다고 한다면 억지겠죠. 아직 후회도 많이 합니다. 그때, 다른 선택을 했더라면 어땠을까.

어른이 되었고, 이제 결혼까지 한 아들이지만, 여전히 아들의 아이 같음에 웃음이 납니다. 그러면 아들은 또 성을 냅니다. 자신은 진지하다면서요. 그 진지함을 의심한 건 아니었는데. 편지의 모양새로 글을 주고받으며 새삼 '아들이 든든한 청년이 다 되었다' 생각했습니다.

도전에 실패한 것을 드러내놓고 이야기하고 자신 있게 선택을 하는 아들이, 청년이 경이롭습니다. 어떤 선택을 하더라도 자랑스러워했을 겁니다. 과감한 선택을 하는 모든 청년들이 자랑스럽습니다. 아들은 또 다른 나이기도 하죠. 선택의 연속인 인생에 정답은 없습니다. 그런 마음으로 아들의 귀농을 응원합니다. 새로 올 봄이 기다려집니다.

2022년 8월

조금숙

그 편지에 마음을 볶았다

ⓒ 조금숙 선무영, 2022

초판 1쇄 인쇄 2022년 7월 28일
초판 1쇄 발행 2022년 8월 10일

지은이   조금숙 선무영
펴낸이   이상훈
편집인   김수영
본부장   정진항
편집1팀   이연재 이윤주 김진주
마케팅   김한성 조재성 박신영 김효진 김애린 임은비
사업지원   정혜진 엄세영

펴낸곳   ㈜한겨레엔 www.hanibook.co.kr
주소   서울시 마포구 창전로 70(신수동) 화수목빌딩 5층
전화   02) 6383-1602~3   팩스 02) 6383-1610
출판등록   2006년 1월 4일 제313-2006-00003호
이메일   book@hanien.co.kr

ISBN   979-11-6040-848-5 03810